Disney

Encanto

Uma História de Três Irmãs

Título original: *Encanto: A Tale of Three Sisters*

Preparação: Paloma Blanca Alves Barbieri
Revisão: Renato Ritto e Andréa Bruno
Ilustrações: Paola Escobar © Disney Enterprises, Inc.
Projeto gráfico: Winnie Ho
Diagramação: Márcia Matos
Composição e layout: Susan Gerber
Adaptação de capa: Beatriz Borges

Dados Internacionais de Catalogação na Publicação (CIP)
Angélica Ilacqua CRB-8/7057

Fajardo, Anika
Encanto 2: uma história de três irmãs / Anika Fajardo; tradução de Laura Folgueira. - São Paulo: Planeta do Brasil, 2023.
272 p.: il.

ISBN 978-65-5535-914-5
Título original: Encanto: A Tale of Three Sisters

1. Literatura infantojuvenil I. Título II. Folgueira, Laura

23-0399 CDD 028.5

Índice para catálogo sistemático:
1. Literatura infantojuvenil

MISTO
Papel produzido a partir de fontes responsáveis
FSC® C019498
FSC www.fsc.org

Ao escolher este livro, você está apoiando o manejo responsável das florestas do mundo

2023
Todos os direitos desta edição reservados à
EDITORA PLANETA DO BRASIL LTDA.
Rua Bela Cintra, 986, 4º andar – Consolação
São Paulo-SP – 01415-002
www.planetadelivros.com.br
faleconosco@editoraplaneta.com.br

Disney

Encanto

Uma História de Três Irmãs

Anika Fajardo

Tradução: Laura Folgueira

Planeta

Família
ALMA
AGUSTÍN
JULIETA
ISABELA
LUISA
MIRABEL

Madrigal
PEDRO
BRUNO
PEPA
FELIX
DOLORES
CAMILO
ANTONIO

Prólogo

ERA UMA VEZ uma família. Pedro e Alma Madrigal, pais orgulhosos de trigêmeos, amavam profundamente seus filhos, assim como todos os pais. Para proteger e cuidar bem deles, partiram em busca de uma nova casa e de uma vida melhor. Com o brilho de uma única vela para iluminar seu caminho, os pais e os três bebês – duas meninas e um menino – lideraram um grupo que, como eles, buscava um lugar tranquilo e seguro. Viajaram por terrenos difíceis e traiçoeiros. Enfrentaram penhascos íngremes e caminhos estreitos, além de climas impiedosos e bandidos ameaçadores. Pedro e Alma prometeram buscar uma nova vida e não desistiram – não podiam desistir.

Mas os perigos da jornada eram muitos. Da margem de um rio que corria veloz, os viajantes cruzaram com dificuldade a corrente. Pé ante pé, eles conseguiram atravessar. Segurando com força os bebês, Alma Madrigal hesitou. A correnteza era forte e, em alguns pontos, o rio era fundo. Mas o olhar de encorajamento de Pedro a convenceu de que tudo ficaria bem.

Ao chegar na outra margem, Alma estava exausta. A mão do marido estava entrelaçada à sua. Foi então que bandidos apareceram e ameaçaram os viajantes. Vendo-os se aproximarem, Pedro enfrentou os inimigos para sua família sobreviver.

Assim, Pedro morreu, e Alma ficou de coração partido. Mas ela sabia que precisava proteger seus filhos. Encolhida com os bebês, Alma viu a chama da vela tremular e ficar mais fraca. O perigo voltava a se aproximar. Porém, quando a luz estava prestes a se extinguir, Alma presenciou um milagre. Diante de seus olhos, a pequena vela se encheu de magia. Um brilho emanou dela, atraindo borboletas e banindo a escuridão. A magia afastou os bandidos. A vela se tornou uma chama eterna e criou um lugar maravilhoso.

Encanto.

O novo lar da família Madrigal e de seu povo ficava aninhado entre montanhas altas. As encostas íngremes protegiam um vale magnífico e vibrante. Cachoeiras reluziam. Palmeiras balançavam. Flores se abriam. E, no centro de Encanto, uma casa fantástica brotou do solo. A casa ganhou vida e era pura magia.

Alma era o coração de Encanto. Seus três filhos, cada um agraciado com um dom mágico, ajudavam a mantê-la forte.

Com o passar dos anos, a família prosperou. Os trigêmeos se casaram e tiveram os próprios filhos. Para acolher a todos, a casa mágica se expandiu, criando um espaço para cada família. E a cidade toda foi prosperando. Encanto se tornou um paraíso para todos os que viviam ali, e os Madrigal estavam no centro disso tudo.

Capítulo 1 * Mirabel

TUDO É UM BORRÃO, mas não preciso dos meus óculos para saber que estou no quarto que compartilho com meu priminho Antonio. Aperto os olhos contra o sol da manhã que reflete direto no meu rosto. *Argh*! Adolescentes não deviam ser acordados assim tão cedo. Espreguiçando-me e esfregando os olhos para espantar o sono, bocejo – e aí me lembro de que dia é hoje. Sento-me rapidamente e coloco os óculos no rosto.

Hoje é aniversário de cinco anos de Antonio! E, mais importante, é o dia da cerimônia para descobrir o dom dele. À noite, se tudo correr bem, ele vai dormir em seu novo quarto. Seu próprio quarto. Qual será o dom dele? Agora que estou enxergando direito, olho para a cama de Antonio do outro lado do quarto. Mas, em vez de achar um menininho de cabelos castanhos, só vejo o colchão vazio. Cadê meu *primito*?

Saio às pressas da cama. As gavetas de minha cômoda se abrem, e tiro a camisola para colocar minha saia e minha blusa – ignorando a costura se soltando na borboleta que bordei ontem à noite. Deixa pra lá. Eu conserto depois. O importante é achar Antonio.

— *Buenos días*, Casita — digo para a casa ao sair do quarto. Casita segura a porta antes que ela bata num estrondo, fechando-a gentilmente.

— Desculpe, Casita — falo à minha casa, minha amada casa mágica. Dou um tapinha no corrimão e olho para o pátio interno lá embaixo. — Alguém viu Antonio?

Mas não tem ninguém lá. Desço as escadas correndo. Quase tropeço, mas a Casita gentilmente me segura com o tapete.

— *¡Gracias!*

Hoje, todos estarão ocupados, e quero muito ajudar. Vou para a sala de jantar. Cadê Mamá? Eu posso só ter quinze anos – o que me torna mais nova que minhas duas irmãs –, mas posso ser útil. Pego os pratos Madrigal especiais, um diferente para cada pessoa, para colocá-los sobre a mesa.

Está muito abafado aqui.

— Casita, abra as persianas! — peço.

A casa as abre com um estrépito, revelando minha vista do mundo: Encanto. O vale mágico onde moramos é cercado por montanhas íngremes que sobem até as nuvens fofas. As encostas são pedregosas e pontilhadas de árvores, cafezais e flores desabrochando. As montanhas muitas vezes ficam escondidas, parcialmente encobertas pela névoa baixa que paira durante a noite quando o sol se põe. Das janelas do andar de cima da Casita, dá para ver a cidade com suas ruas de paralelepípedos, uma igreja com um campanário lindo e prédios brancos elegantes com telhados avermelhados. Cada casa na cidade tem lindas floreiras e persianas pintadas de cores vivas.

No centro de Encanto fica nossa casa. A Casita. Quando se caminha na direção dela, dá para ver formosas buganvílias subindo pelas paredes terracota. De sua chaminé, sai a fumaça da madeira queimando na cozinha. A torre nos fundos da casa se destaca como um soldado em guarda.

Há muita coisa para fazer, mas me debruço pela janela e respiro fundo. Mangas. Terra preta. Bananas. Orquídeas. Nuvens fofas. Sinto o cheiro de tudo. O aroma de casa. Fecho os olhos, sentindo que talvez vá dar tudo...

— Quando saberemos qual é o próximo dom mágico? — pergunta alguém.

Abro um olho. Abaixo da janela da cozinha, encontro *niños* da cidade espiando para dentro da casa, curiosos como nunca, e me questionando como sempre. Eles são fascinados por minha família e pela casa. E toda vez querem ouvir uma história. Eu nunca me importo de contar.

— Quem quer saber?

— Eu!

Um novo rostinho aparece.

— Eu!

— Todos nós!

Dou risada.

— Na cerimônia do meu primo hoje à noite — respondo, voltando para organizar a mesa. — E precisa ser tudo perfeito.

— Por quê?

— Porque nós somos a família Madrigal.

— Qual vai ser o dom dele? — quer saber uma das crianças.

— Qual é o *seu* dom? — grita outra.

Ignoro essa pergunta. Em vez disso, disponho cuidadosamente os pratos das minhas irmãs, a xícara da minha tia e os talheres da minha avó.

— Vamos descobrir qual vai ser o dom do Antonio — conto a eles.

— Qual é o seu papel? — pergunta alguém com uma vozinha.

Qual é o meu papel? Só espero que minha família permita que eu faça parte do dia especial de Antonio. Eu talvez seja diferente, mas posso ajudar.

Decido desconversar. Digo às crianças:

— Não posso simplesmente contar para vocês qual é o meu papel. Vocês precisam conhecer toda a história.

A mesa está organizada, pronta para o café da manhã. Escuto os sons de minha família acordando, preparando-se para o novo dia. Batidas de panelas e utensílios vêm da cozinha. Alguém está cantando com a voz grave de um barítono. Risadinhas correm até o andar de baixo, e o baque surdo de coisas pesadas caindo adiciona uma batida ao canto das araras. Logo, minha família toda vai se amontoar na sala de jantar para tomar café, mas estou animada demais para ficar sentada esperando. Afinal, é a cerimônia do dom de Antonio.

— Janelas! — grito, e a Casita lustra as janelas. — Pisos! — Os tapetes rapidamente ficam limpos e os pisos brilham. — Portas! — berro ao entrar no pátio. Na sacada acima de mim, todas as portas reluzem. Bom, todas menos duas. Sacudo a cabeça, tentando afastar as preocupações da minha mente. Viu? Não posso ficar parada. Gosto de me manter em movimento. Digo: — Vamos!

A casa abre a porta da frente, e sou recebida pela manhã ensolarada. Quase tropeço nas crianças reunidas lá fora me esperando. Coloco a bolsa no ombro e vou na direção da cidade.

— Aonde você vai? — as crianças me perguntam. — O que vai fazer?

Eu me viro e dou tchau para a Casita. Com os olhos arregalados, as crianças observam a casa piscar para mim mexendo uma persiana.

— Pode contar para a gente sobre a sua família? — pede um dos garotinhos enquanto meus pais, tio, tia e primas espiam das janelas, descem para o pátio e fazem as mesmas coisas esquisitas de todas as manhãs.

— Você já não a conhece? — pergunto, observando aquelas pessoas que conheço tão bem e amo tanto. Mesmo quando são irritantes, o que parece ser cada vez mais frequente.

— Hã — diz o menino. Vejo que o envergonhei. Não foi de propósito, mas é que não entendo por que essas crianças ainda perguntam sobre os dons da família Madrigal. A cidade toda sabe tudo de nós. — É que tem tantos

— responde ele, tímido — que não consigo lembrar quem é quem.

— Pode contar para a gente?

Sorrio para as crianças. Não me importo de falar sobre a minha família para eles. Na verdade, até fico contente por ser útil para algo. As crianças me seguem até a cidade, e vemos uma fila de gente.

— Bom, essa é Mamá; podem chamá-la de Julieta. — Mamá acena para mim enquanto atende as pessoas que esperam na fila. — O dom dela é curar com comida. Não importa o que você tenha, ela consegue resolver com uma refeição. Ou, às vezes, até com um lanche. — Furo a fila, afinal, sou sua filha, e ela me dá uma *arepa* e um beijo constrangedor. — Onde eu estava? — pergunto de boca cheia.

— Sua mãe — responde uma das crianças.

— Isso. — Então conto aos *niños* sobre minha família. A mágica família Madrigal.

Mas, no início, as crianças parecem confusas.

— Qual é... — reclama uma delas.

— Não é tão difícil lembrar quem é quem — diz uma jovem aparecendo do nada.

As crianças dão um pulo de surpresa.

— Esta é minha prima Dolores — explico enquanto ela ri.

— Não se esqueçam — minha prima mais velha alerta as crianças. — Eu tenho superaudição. Cochichos, para mim, são que nem gritos.

— Em outras palavras — completo —, cuidado com o que falam perto dela. — Dolores assente com a cabeça. — Na verdade, cuidado com o que falam em qualquer lugar. Ela consegue escutar um alfinete caindo.

— O que foi isso? — diz Dolores, escutando algo que ninguém mais escuta. — Ah, minha mãe precisa de mim. Ela está em casa. — Mesmo no meio da cidade, conseguimos ver a casa Madrigal. O sol lança um brilho quente e orvalhado sobre as telhas.

— A mãe dela é minha *tía* Pepa — explico enquanto Dolores se afasta correndo. — Minha *tía* está de muito bom humor hoje. Afinal, é a cerimônia do dom do filho mais novo dela. A magia de Pepa é controlar, ou às vezes descontrolar, o clima.

— Então, quando chove... — diz um menininho.

— Ahã — falo. — Pepa provavelmente está tendo um dia ruim.

O garoto dá uma risadinha, mas logo para ao ver uma jovem carregando uma carroça acima da cabeça sem demonstrar qualquer esforço.

— É minha irmã Luisa — digo. O dom dela é a força. — Ela está ajudando a aprontar tudo para a cerimônia do dom de Antonio — explico às crianças que a olham boquiabertas.

Luisa leva a carroça até Mamá e sua clínica. Coloca o veículo com suavidade no chão.

— Obrigada, Luisa — agradece minha mãe. Minha irmã sorri orgulhosa e engole as *arepas* que Mamá joga na direção dela.

— Ah, olha — falo às crianças. — Lá vem meu tio Felix... — Mas então meu tio toma a forma de um adolescente destrambelhado. Caímos na risada ao ver ele de repente virar meu primo de quinze anos, todo risonho. — É o Camilo. Ele é um bagunceiro. Cuidado com esse garoto, porque ele tem o dom de mudar de forma. Nunca dá para saber quem ele está fingindo ser.

As crianças riem de novo quando Camilo se transforma em uma delas e depois volta a ser ele mesmo. Não há nada que meu primo ame mais do que fazer as pessoas rirem.

— Podem ignorá-lo — falo. — Vamos! — As crianças me seguem para a praça movimentada da cidade.

No espaço agitado, várias barracas estão montadas. Moradores vendem frutas – mangas, maracujás, bananas, *chontaduros* – em grandes cestas. Outra barraca vende filões de pão, pratos de *buñuelos* e sacos de *pandebonos*. Algumas mulheres barganham o preço de um tecido bordado à mão. Argumentam com brilho no olhar – as negociações são metade da diversão! Em um café, um grupo de idosos tem um debate acalorado enquanto tomam xícaras da deliciosa bebida preta. Eles arregaçam as mangas e pedem mais café para o *dueño*. Num banco à sombra de um jacarandá, um casal idoso se senta lado a lado, vendo um bebê engatinhar na direção deles. A mulher pega o neto nos braços e dá um *besito* estalado na bochecha dele.

Algumas crianças saem do grupo para se juntar a um jogo de futebol que está rolando no meio da praça. Experimento um chapéu de abas largas do homem que vende chapéus. Desfilo com meu chapéu para as crianças, mas elas acham graça. Pelo jeito, não vou comprar um chapéu hoje. Em uma barraca que vende *helados*, encontramos meu pai e meu tio, um alto e magro, outro baixo e – hum – não magro.

— *Hola!* — grita Papá.

— Esse é meu pai, Agustín — digo, acenando para um homem magrelo —, e *aquele* é meu tio Felix.

Felix não olha para nós. Não sei o que esses dois tanto conversam, mas vivem discutindo alguma coisa.

Uma criança puxa minha manga.

— Qual é a magia deles?

Balanço a cabeça.

— Os dois se casaram com mulheres da família Madrigal. Eles não têm dons mágicos. Mas têm um ao outro — completo com um sorriso. Os dois homens voltam a conversar.

— Não tem mais um tio? — pergunta uma das crianças.

Franzo a testa.

— Bom, meu tio Bruno... — Não sei como explicar que não tenho certeza do que aconteceu com ele. O que sei é que não falamos do Bruno. — Ele desapareceu. Ele se foi.

Por sorte, as crianças são distraídas por um homem alto e bonito parado perto do meu pai.

— E ele? É parente seu?

— Não. — Dou risada. — Mas ele quer ser. Ele quer se casar com minha irmã Isabela — adiciono num cochicho.

— Ela é mesmo tão perfeita quanto dizem? — quer saber uma garotinha. — Cadê a Isabela?

— Isso é bem fácil de descobrir — digo, apontando para onde o lindo Mariano está olhando. Minha irmã mais velha, Isabela, é linda. Ninguém consegue resistir ao seu charme. Os vendedores dão frutas e *dulces* de graça a ela, pedem para cheirar as flores em seu cabelo. O dom dela é ter jeito com plantas e chamam isso de dedo verde. Não sei por que a chamam assim. Nada nela é verde. Hoje, ela está usando um vestido lavanda e creme com flores que combinam perfeitamente. Não tem fios soltos nas roupas *dela*. O cabelo está penteado para o lado, caindo sobre seus ombros em lindos cachos macios. O rosto dela é bonito, sereno e calmo. É muito difícil ficar brava com Isabela porque ela é legal demais. Menos comigo, geralmente. Mas eu sou a irmã mais nova dela.

A menininha olha para Isabela como se tivesse acabado de ver um anjo.

— Vamos, *niñita* — falo, puxando a menina. — Hora de voltar a *la Casa*.

Chegamos lá, com as crianças tagarelando atrás de mim. Estou sorridente e feliz. Hoje vai ser incrível. E não vou me preocupar...

De repente, um silêncio recai sobre as crianças. Lá, na porta, está minha avó.

— *Buenos días* — diz *abuela*.

— Quem é essa? — sussurra uma criança.

— É minha avó, Abuela Alma — cochicho. — Ela é a chefe da família. — Levo o dedo aos lábios para pedir silêncio às crianças. Sempre precisamos ser respeitosos e obedientes perto de Abuela. Eu tento, mas às vezes é muito difícil.

— O que está fazendo, Mirabel? — Abuela caminha na minha direção, as chaves tilintando na corrente presa ao cinto.

— Ah, hum, eles... — Olho ao redor, mas as crianças estão se escondendo. — Eles estavam perguntando sobre a nossa família.

— Mirabel ia contar para a gente qual é o dom superincrível dela! — grita um dos meninos corajosos.

— O dom dela? — Dolores aparece do nada, com as orelhas em pé. — Querem saber qual é o dom de Mirabel? — repete minha prima. Dolores, que consegue escutar música, sussurros ou segredos a quilômetros de distância, passa mais tempo ouvindo do que falando, então estou torcendo para ela não responder às crianças.

— É, ela ia contar para a gente qual é o dom superincrível dela...

— O dom de Mirabel? — Luisa aparece outra vez com uma carroça, levantando-a como se ela tivesse o peso de um travesseiro de plumas.

— Mirabel não recebeu um.

— C-como ass... — gaguejam as crianças. Não consigo saber se estão boquiabertas por causa da força impressionante da minha irmã ou porque eu não tenho um dom.

Ergo a cabeça.

— É verdade. Não tenho um dom. — Mexo no bordado da minha saia. Ah, caramba, outro fio se soltou. Eu me endireito. — Mas, com ou sem dom, sou tão especial quanto o resto da minha família.

Sei que soo mais confiante do que realmente me sinto.

Capítulo 2 * Isabela

OS ARCOS FLORAIS no pátio da Casita precisam estar certinhos para a cerimônia do dom de Antonio hoje à noite. Abuela Alma disse que tudo tem que estar perfeito. Acho que vou colocar um arco aqui e mais um no pé da escadaria. Estou pensando se as flores devem ser coloridas ou iguaizinhas quando Papá entra cambaleando.

— Você está bem, Papá? — pergunto. Ele está coberto de vergões. Manchas vermelhas inchadas cobrem seu rosto, e suas mãos estão infladas como balões. Fico pensando se minha mãe viu isso.

— Picadas de abelha. — Ele dá de ombros.

— É melhor você procurar Mamá — digo. Ele parece estar com dor. Como eu queria que meu dom fosse um pouco mais útil, como o da minha mãe. Flores não curam picadas de abelha. Aliás, às vezes causam.

— Ah, Agustín, *¡mi amor!* — grita Mamá. — *¿Qué pasó?* — Ela vê meu pai e começa a trabalhar para curá-lo. — Cadê Mirabel? — pergunta enquanto tira algumas *arepas* do bolso do avental.

— Acho que está ajudando com as decorações — murmura Papá com a boca cheia de arepas. — Ela está se esforçando tanto. Sei bem como minha filha se sente. Quando eu e Felix entramos para a família, éramos forasteiros, sem dons. Todos eram tão extraordinários. Ai! — exclama ele quando Mamá examina uma picada que parece especialmente dolorosa. — Era fácil se sentir, hum, nada especial às vezes.

— Obrigada, Papi. — Levanto os olhos e vejo Mirabel parada perto de nosso pai. Os braços dela estão carregados de enfeites. Ou algo do tipo. Ela sempre tem um plano. Ou algo assim.

— Estou só falando, *Mira* — Papá diz a ela. Depois, esfrega o rosto; as feridas desapareceram. — Eu entendo.

— Se você precisar conversar, *corazón* — completa Mamá.

Ah, Mamá, penso, *você nunca vai conseguir que ela fale sobre esse assunto*.

E, claro, Mirabel se irrita.

— Não preciso!

Quero falar para ela: *Eles só estão tentando ajudar*. Mas não digo nada. Afinal, se não se pode dizer algo bom, é melhor não dizer nada. Pena que isso é algo que tendo a esquecer ao conversar com minha irmã mais nova.

— Você não tem nada a provar — dizem meus pais ao mesmo tempo enquanto adentram a casa com Mirabel.

No minuto que eles saem, ouço alguém chamando:

— *¿Perdón?*

Levanto os olhos das hortênsias e rosas para ver o entregador com um burrico subindo a rua.

— Com licença? — chama ele de novo.

Limpo as mãos no meu avental. Entregas na casa Madrigal costumam ser para mim. Pode ser um presente de Mariano Guzmán. Todos esperam que a gente se case – um dia. Ele já me mandou muitas coisas, como chocolates e bugigangas. Às vezes, manda buquês de flores, embora eu já tenha mais do que o suficiente.

Mas, em vez de me entregar um pacote, o entregador diz:

— Estou procurando Mirabel.

Fico aliviada, na verdade. Não preciso de mais flores. E vai ser legal Mirabel receber algo, especialmente hoje.

— É uma entrega especial para ela — diz o homem com o burrico. — Err... uma entrega especial para alguém *não* especial. Já que ela não tem dom. Rá-rá.

Coitada da Mirabel. Às vezes me pergunto como seria não ter um dom. E se isso não seria algo bom.

— Aí vem ela — digo.

Mirabel aparece abrindo a porta da frente.

— Ei, Mirabel — fala o entregador —, diga ao Antonio que desejo boa sorte hoje à noite. — Ele entrega um monte de papel, fita, laço e barbante. — Se ele receber um dom — continua o homem —, quer dizer que a última cerimônia foi só uma exceção decepcionante.

Mirabel faz que sim com a cabeça. Acho que a vejo revirar os olhos.

— No caso, a sua — continua o entregador.

— Aquilo foi um fiasco. — Como se ela precisasse que alguém a lembrasse do momento mais decepcionante da vida dela.

O entregador se afasta com seu burrico, e Mirabel volta para casa. Balanço a cabeça. Infelizmente, sei que as coisas nem sempre... dão certo para minha irmã. Quero perguntar a ela se posso ajudar, mas sei que não adiantaria. Ela provavelmente não aceitaria minha ajuda mesmo que eu oferecesse. Sempre quer fazer as coisas do jeito dela. Volto a cuidar do meu arco e ajusto alguns botões. Um espinho de rosa fura meu dedo. Não dói muito, mas deixa um pontinho de sangue. Balanço minha mão para parar de arder. Conforme faço isso, mais botões aparecem no galho. Dou um passo para trás. Quase perfeito. Ok, *está* perfeito.

Enquanto me preparo para entrar em casa, escuto alguém comentar:

— Não acredito que Mirabel não tem um dom.

As crianças da aldeia estão voltando para a cidade. Duas estão saltitando, uma está coletando pedrinhas e outra está andando de costas.

— Eu ficaria triste no lugar dela — diz uma das garotinhas.

Eu também. Nunca falei nada a Mirabel, mas a cerimônia do dom dela foi um dos dias mais tristes da minha vida. Eu me lembro de quando Mamá caminhou com ela pelo corredor. A pequena Mirabel de cinco anos usava um colar de margaridas que eu tinha feito para ela. Era uma criança tão fofinha – naquela época, o cabelo selvagem dela era adorável, em vez de bagunçado. Lembro-me de como os olhos dela brilhavam de animação em seu quinto aniversário enquanto ela andava na direção de sua porta brilhante – do seu destino.

Mirabel aparece novamente carregando não só os enfeites de antes, mas todas as tralhas que o entregador trouxe.

— Bem, minha amiguinha — diz ela à menina —, eu não estou triste, porque a verdade é que, com ou sem dom, sou tão especial quanto qualquer um da minha família.

As crianças trocam olhares entre si e depois comigo.

— Talvez seu dom seja não admitir a realidade — diz uma delas.

As crianças, então, saem correndo às gargalhadas, e escondo meu riso com uma flor. Mirabel fica vermelha. Ela entra em casa batendo os pés, sofrendo com o peso de seus pacotes. Devia pedir para Luisa ajudar.

Quando termino de organizar as flores lá fora, entro, e parece que todo mundo está gritando instruções a Luisa.

— Luisa! Precisamos do piano aqui em cima!

— Levante um pouco mais alto!

— Camilo — chama Abuela —, precisamos de mais um José.

Meu primo, sempre disposto a ajudar, transforma-se no José, um morador alto da cidade, e instantaneamente fica grande o bastante para pendurar a faixa acima da porta nova de Antonio. A faixa diz: ANTONIO! Não menciono que está um pouco torta.

— A noite do meu bebê tem que ser perfeita — comenta Pepa, preocupada. — E, se não for perfeita…

Ela anda para lá e para cá, causando uma ventania no pátio.

— Amor — diz Felix —, você está causando um tornado nas flores.

— Flores? — repito. Observo o pátio onde a cerimônia acontecerá. Mais um arco floral ficaria bom. Talvez eu também adicione flores à escadaria. Olho para o corrimão que percorre o pátio, protegendo a sacada onde ficam todas as portas da família, e decoro com mais flores.

Dou um passo para trás e admiro meu trabalho.

— Por favor, sem aplausos — falo, enquanto Dolores elogia.

Mirabel está ao meu lado. Surpresa, lanço um sopro de pétalas na direção dela. Foi sem querer, eu juro. Para disfarçar meu engano, falo, irritada:

— Relaxa, ninguém está olhando para você.

— É claro! Eles estão olhando para você porque... você é uma bela de uma, hum... — Mirabel pausa. — Bom, você é bela. Obviamente. Aff! — Ela sai mal-humorada.

Minha irmã é tão irritante às vezes.

Um pouco depois, escuto um *snip, snip* de tesouras. Esticando o pescoço, vejo que Mirabel reuniu seus materiais de artesanato na sacada em frente de onde será a porta de Antonio – assim esperamos. Os enfeites trazidos pelo entregador e seu burrico estão espalhados ao seu redor.

— O que você está fazendo, Mirabel?

A voz séria de Abuela interrompe o silêncio do pátio. Não sei bem de onde ela veio, mas a vovó está pairando sobre Mirabel, observando-a. Isso me deixaria muito nervosa.

— Decorações. Para Antonio. Na verdade, fiz isto para você... — Mirabel mostra sua criação. Não tenho certeza do que é e, claramente, Abuela também não. Tem papel colorido e velas e – ah, céus – agora está pegando fogo.

— Que tal deixar as decorações para outra pessoa? — diz Abuela enquanto Mirabel apaga o fogo com os pés.

Casita ajuda a limpar a bagunça, mas o cheiro de fumaça paira no ar. Abuela desce as escadas e olha para o céu acima do pátio. O azul brilhante é interrompido por uma nuvem escura.

— Pepa! — chama Abuela.

Minha tia irrompe da cozinha.

— Pepa, tem uma nuvem no céu.

— Eu sei, *mamá*, mas... — Ela joga as mãos ao ar. Suas preocupações viraram uma nuvem de tempestade. Minha tia pisca para afastar as gotas de chuva que caem em seus olhos.

— Ah, Pepa — diz Abuela, olhando a filha. — Que tal se você tentar controlar um pouco seus sentimentos?

— Mas não consigo achar Antonio em lugar nenhum!

— Deixa comigo! — oferece Mirabel. Ela dá um pulo. Antonio nunca está longe dela. Ele adora minha irmã, o que é ótimo. Ter alguém que a admira parece tornar mais suportável essa coisa de não ter dom. Eu me pergunto como vai ser quando (se?) Antonio receber o dele.

— Não, Mirabel — diz Abuela —, com certeza você precisa, hum, se limpar. — Ela olha Mirabel de cima a baixo. O vestido dela tem uns fios soltos e agora há uma mancha preta na saia por causa do pequeno incêndio de antes.

— Não tem problema. Qualquer coisa para ajudar.

Meu coração dói por Mirabel; ela quer tanto ajudar, mas, em geral, sempre dá errado. Espero que o dia de receber o dom de Antonio seja maravilhoso, perfeito – como o meu. Fui a primeira neta, então Abuela estava ansiosa para descobrir meu poder. Ela ficou tão orgulhosa quando flores e videiras cresceram ao redor da minha porta. Lembro-me de entrar em meu quarto cor-de-rosa com minha avó e meus pais. Eles ficaram maravilhados com a beleza das plantas e da natureza. Meu quarto era – é – incrível, e meu dom é tudo para mim.

— Eu sei que você quer ajudar, *nieta* — diz Abuela. — Mas hoje precisa ser perfeito. Entende?

Mirabel faz que sim.

— A cidade toda depende de nossa família, de nossos dons. Então, talvez, a melhor maneira de você ajudar seja... — Ela pausa. — Talvez a melhor maneira de você ajudar seja se afastar e deixar o resto da família fazer o que faz melhor, tá?

Pela expressão de Mirabel, parece que ela acabou de perder sua coisa favorita no mundo. Ela tenta dar um sorriso, mas não me engana.

— Claro, sem problema. — Minha irmã vai na direção de seu quarto.

— Pepa, amor — chama Abuela, já com a atenção em outra coisa —, o vento!

— *Mamá* — escuto. Agora que Mirabel está fora de vista, minha mãe aparece da cozinha, limpando as mãos no avental. — Seja legal com Mirabel, tá? Você sabe que hoje vai ser difícil para ela.

— Julieta, se esta cerimônia do dom não correr bem — responde Abuela —, hoje vai ser um dia difícil para todos nós.

Penso de novo na cerimônia de Mirabel há dez anos. Estávamos tão animados. E aí... nada. Quando ela foi abrir a porta – a porta que devia ser do quarto novo dela –, nada aconteceu. Ao tocar a maçaneta, a mágica se apagou. Abuela virou o rosto, decepcionada.

Minha prima Dolores me contou que ouviu Mirabel chorando naquele dia no quarto. Nem consigo imaginar como seria não ter meu próprio quarto. Ficar presa em um quarto com outras crianças.

Será que ela vai ficar lá para sempre?

Capítulo 3 * Mirabel

ANTES DE EU ABRIR a porta do quarto das crianças, ouço a voz de Abuela lá do pátio.

— Hoje vai ser um dia difícil para todos nós — diz ela.

A vovó tem razão. Bato a porta e me jogo na cama. Fico olhando o teto, que decorei com desenhos dos arco-íris de Pepa, flores de Isabela, pedregulhos de Luisa e tigelas do *arroz con pollo* de Mamá.

Viro de bruços. A voz de Abuela ecoa em minha cabeça. *A melhor maneira de você ajudar é se afastar.* Do outro lado do quarto, os pertences de Antonio estão guardados em uma mala e em alguns caixotes, prontos para serem levados a seu novo quarto. Uma mudança que eu nunca farei. Percebo que sou a última Madrigal no quarto sem mágica das crianças. Presa aqui para sempre. Sozinha. Vejo um dos sapatinhos de Antonio se esgueirando do caixote. Vou sentir saudade dos roncos fofos dele e das risadinhas matinais.

Mas cadê ele, hein?

Escuto um farfalhar embaixo da cama e sorrio.

Eu *sabia* que ia conseguir encontrá-lo.

— Gaveta — digo. — Pacote.

Meu quarto pode não ser mágico como o de todos, mas minha amada Casita bate na gaveta da minha cômoda com uma tábua da parede, fazendo-a se abrir e lançando um embrulho em minhas mãos.

— *Gracias*.

Ouço de novo um barulho de algo se arrastando. *Shif, shif*. O som vem de debaixo da cama. Passo os dedos pelos laços do presente e penduro na beirada.

— Todos estão à sua procura. — Agito o embrulho nos meus dedos. Lembro-me de como eu amava presentes quando era pequena. — Este presente vai se autodestruir se você não pegar em três, dois, um...

Uma mãozinha sai de debaixo da cama. Tanto ela quanto o presente desaparecem. Dou risada e me enfio lá embaixo também, aconchegando-me ao meu *primito*.

— Achei você. Está nervoso?

Ele dá de ombros. Seus olhos estão fixos no presente em suas mãos.

— Não precisa se preocupar.

Ele assente com a cabeça, ainda olhando o presente.

A última coisa de que ele precisa é se preocupar em acabar como eu – sem dom mágico. Ele é tão jovem que só quero que desfrute deste dia especial.

— Você vai receber seu dom — garanto — e abrir sua porta. E vai ser a coisa mais legal do mundo. Eu sei que vai.

Antonio murmura alguma coisa.

— O que foi? — Ele é muito tímido, frequentemente quieto. Às vezes, minha tia se preocupa com isso (causando todo tipo de problema climático). Mas acho que todos crescemos em ritmos diferentes. Cada um se descobre em seu próprio tempo.

— E se não funcionar? — diz ele.

— Bom, nesse cenário impossível de acontecer, você vai ficar aqui neste quarto. Para sempre. Comigo. Eu ia ficar com você só para mim. — Aperto a mãozinha marrom dele.

— Queria que você pudesse ter uma porta — sussurra Antonio.

— Não precisa se preocupar comigo. Eu tenho uma família incrível, uma casa incrível e um *primito* incrível. — Não quero que Antonio fique triste nem com medo. Mas, principalmente, não quero que o que aconteceu comigo aconteça com ele. Digo, animada: — Ver você receber seu dom especial, sua porta, vai me deixar mais feliz que qualquer outra coisa. — Um sorriso se abre no rosto dele. — Mas, infelizmente, vou sentir falta do melhor companheiro de quarto do mundo.

Faço um gesto de cabeça na direção do presente embrulhado na mão dele. Antonio rasga o papel. Quando abre a caixa e encontra a oncinha de pelúcia que tricotei, ele a abraça com força. A onça não é muito macia e a costura é desigual, mas, quando o vejo apertando o bichinho, sei que não precisa ser perfeito. Só perfeito para Antonio.

— Como sei que gosta de animais, fiz isso para você. Assim, quando você se mudar para seu quarto novo e descolado, sempre terá algo para abraçar.

Antonio aperta de novo a onça. Sinto meu próprio coração se apertar de alegria pelo meu primo.

— Está pronto, *hombrecito?*

Ele faz que sim, tímido.

Os pisos da Casita chacoalham, querendo nos expulsar. Saio rolando de debaixo da cama e empurro os óculos mais para cima do nariz. Antonio rola atrás de mim.

— Mas, primeiro, mais um abraço.

Eu aperto Antonio, e ele aperta a onça. Estamos prontos.

Espero.

Capítulo 4 * Luisa

SECO UMA GOTA de suor da testa. Tomara que Abuela não repare. Por causa do meu dom, não deveria me cansar nem me exaurir. Ela me pediu para montar os fogos de artifício nos fundos da casa para o grande dia de Antonio, mas, antes disso, precisei limpar o mato e as folhas secas – perigo de incêndio, sabe. E, enquanto estava fazendo isso, notei que os galhos de algumas árvores precisavam ser cortados, então cuidei dessa parte também. Então Abuela quis que eu mudasse o piano de lugar – primeiro para o pátio, depois lá para cima. Ainda tenho que carregar os bancos e as mesas para os convidados, mas já passei a tarde toda estacionando os burricos e carrinhos das pessoas da cidade. Quem diria que tanta gente estava interessada em mais uma cerimônia do dom na casa dos Madrigal? Bom, acho que como a última não deu tão certo...

— Luisa! — chama *tía* Pepa. Ela está sendo seguida por um arco-íris brilhante, a prova de sua felicidade por finalmente ter chegado o dia da cerimônia do dom de Antonio. Aceno. Estou prestes a parabenizá-la e estendo os braços para um abraço (todos amam meus abraços porque sou muito forte). Em vez disso, minha tia diz:
— Você pode carregar esses bancos?

— *Sí* — respondo, endireitando o corpo e ajeitando meu coque. Pelo jeito, não vou ganhar um abraço agora. Empilho os bancos como se fossem lenha e carrego-os até o pátio. Enquanto estou saindo, escuto Felix.

— Luisa!

— Do que você precisa? — pergunto com meu tom prestativo. Meu tio está com um sorriso largo. Será que ele quer me abraçar?

— Está na hora... *¡Vámonos!* — E, de repente, não é mais Felix, mas Camilo se transformando de volta em si mesmo.

Reviro os olhos. Ele não parece entender que precisamos garantir que tudo esteja pronto para o horário de início da cerimônia.

— Camilo — resmungo —, não tenho tempo para suas brincadeiras. Tenho trabalho a fazer.

Camilo só ri até virar Antonio e aí volta a ser ele mesmo enquanto sai correndo, provavelmente para enganar outro parente.

Enquanto meu primo me distraía, mais carrinhos e burricos chegaram. Suspiro. Fico feliz de poder ajudar; eu *quero* ajudar. Eu amo ajudar.

Mas preciso de um momento para recuperar o fôlego. Coloco um número em cada burrico antes de pegá-los e estacionar ao lado dos outros.

— ¡*Hija*! — minha mãe chama. Eu me viro e quase tropeço. O que ela quer agora? É muito difícil dar conta de tudo. — Venha para o pátio, Luisa. Já vai começar.

Ah, ela não precisa da minha força – agora pelo menos.

— ¡*Ya vengo*! — grito. Não acredito que já é hora de começar a cerimônia de Antonio. O dia voa quando se está atarefado... como eu. — Estou indo, Mamá. Vou na direção do pátio e passo por Felix – o Felix de verdade.

— *Papito* — diz ele a Antonio, que parece meio nervoso. Não o culpo. — Aí está você. Pronto para o grande show?

Pepa abraça o filho.

— Olha só você, todo crescido. — Ela não consegue evitar o choro. E, quando minha tia chora, o céu também chora.

— Amor — diz Felix com gentileza —, você vai deixá-lo todo molhado.

Outro Felix fala:

— Você é o orgulho do papai...

— Eu não falo desse jeito — protesta o verdadeiro Felix. O outro Felix – ou seja, Camilo, que não está enganando ninguém – continua sua imitação:

— Eu não falo desse jeito.

— Abuela diz que está na hora — anuncia Dolores.

Corro para ficar entre Mamá e Papá. Isabela está do outro lado dele. Olho ao redor. Cadê Mirabel? Fico me perguntando se ela está se sentindo meio péssima agora.

— Cinquenta anos atrás — começa Abuela Alma, parada no topo da escadaria ao lado da porta de Antonio. A faixa que diz "ANTONIO!!" está meio caída, mas a porta brilha.

A multidão fica em silêncio. O pátio está cheio de membros da família Madrigal, além dos moradores da cidade, que foram convidados para o evento. Muitos deles estavam aqui dez anos atrás na cerimônia do dom de Mirabel. Minhas palmas estão suadas. Estou muito nervosa por Antonio, e por Abuela, e por Mirabel. Por todo mundo.

Abuela segura a vela mágica da família. O sol está desaparecendo atrás das montanhas que cercam Encanto. A chama da vela projeta sombras nas paredes do pátio. Sinto Casita sorrindo de orgulho. Eu também estou sorrindo de orgulho. Cruzo os dedos. Espero que dê tudo certo desta vez.

— Cinquenta anos atrás, na noite do grande sacrifício de meu Pedro, esta vela nos abençoou com um milagre. — A vela brilha ainda mais nas mãos de Abuela. — E a maior honra de nossa família tem sido usar nossas bênçãos para servir esta comunidade tão amada. Hoje, todos nos reunimos novamente para ver mais um membro da família dar um passo em direção à luz. Para nos deixar orgulhosos.

Casita lança uma luz em Antonio, dando um empurrãozinho para ele sair de uma sombra num canto do pátio. Os convidados esticam o pescoço, tentando enxergar bem nosso Madrigal mais novo. Ele parece tão pequeno, tão jovem. Seus olhos estão arregalados de incerteza. Lembro-me de me sentir assim na minha cerimônia.

É assustador ser observado assim por todos. E tão solitário. Minha irmã mais velha, Isabela, fez uma coroa de flores para mim no dia da minha cerimônia, e saber que ela estava lá comigo me deu coragem. Como sou tão forte, ninguém nunca pensa se estou assustada ou sobrecarregada. Mas, para falar a verdade, às vezes eu me sinto assim.

— Hoje — continua Abuela —, todos nos reunimos novamente para ver mais um membro da família receber nosso milagre e dar um passo em direção à luz.

— Preciso de você — escutamos Antonio sussurrar.

Com quem ele está falando? Comigo? Muita gente precisa de mim. Para levantar algo pesado, talvez mudar uma árvore ou uma loja de lugar. O de sempre. Começo a me levantar. Mas Mamá estende a mão para me impedir.

— Não posso — escuto Mirabel.

As pessoas cochicham, perguntando-se de onde está vindo a voz. Então, nós a vemos escondida atrás de uma pilastra. Os olhos de Antonio se enchem de lágrimas. Ele começa a tremer. Na mesma hora, Mirabel sai da sombra. Ela pega a sua mãozinha e caminha com ele. Está de cabeça erguida. Fisicamente, sou forte, mas acho que nunca conseguiria ser tão forte assim. No lugar dela, eu estaria chorando sem parar.

— Vamos até a sua porta — diz Mirabel com firmeza. Ela não parece nada preocupada. Fico aliviada que ninguém esteja precisando de mim nesse momento.

Observamos enquanto Mirabel leva Antonio pelo pátio. De mãos dadas, eles sobem a escadaria até a sacada que contorna o segundo andar. É emocionante ver ambos passarem pelos retratos da família que cobrem as paredes, fotos da cerimônia do dom de cada um. O dia que Dolores recebeu seu dom de escutar. O sorriso no rosto de Mamá quando, aos cinco anos, ganhou o dom da cura. O sorriso pateta de Camilo, o sorriso doce de Pepa. A imagem de Abuelo Pedro.

Antonio agarra mais forte a mão de Mirabel conforme eles passam pela porta do quarto de cada um. A porta simples do quarto das crianças, minha porta decorada com pesos e halteres, a porta floral de Isabela, cujo cheiro sentimos aqui de baixo. Os dois passam por uma escada que leva a uma porta coberta de teias de aranha – ninguém fala disso. E, por fim, param em frente à porta de Antonio, que brilha mais forte quando ele se aproxima. Minha tia solta um gritinho. Ela deve estar muito nervosa. Olho de relance e vejo que um minitornado está ameaçando se formar em cima da cabeça dela. E se Antonio não receber um dom, igual a Mirabel?

— Vá em frente — diz Mirabel, empurrando-o com gentileza na direção de Abuela, que o espera. Que bom que não sou eu que estou ajudando nosso *primito*. Eu estaria tremendo no lugar de Mirabel.

— Você vai usar seu dom para servir esta comunidade? — pergunta Abuela solenemente a Antonio. Ele faz que sim com a cabeça, seus olhos arregalados. — Vai ser merecedor do milagre e nos deixar orgulhosos? — Ele assente de novo. Abuela faz um grande gesto com o braço na direção da porta brilhante de Antonio.

Meu pequeno primo estende a mão. De repente, puxa de volta. Todo mundo inspira e segura a respiração, tanto minha família quanto as pessoas da cidade. Rapidamente, antes de mudar de ideia, Antonio estende a mão para a maçaneta. A testa de Abuela se franze de preocupação, tensão, estresse. Eu sei que ela está revivendo a cerimônia do dom de Mirabel.

Mas, quando Antonio segura a maçaneta, a magia enche a sacada, o pátio, a casa inteira. O brilho da porta se intensifica. Um tucano pousa no braço de Antonio e solta uns grunhidos, mexendo a cabeça animado para cima e para baixo.

— Sim! — diz Antonio, com a voz mais alta do que jamais escutei. E mais confiante. — Eu te entendo!

O dom de Antonio é se comunicar com os animais! A multidão solta a respiração em um suspiro de alegria. As comemorações começam. Tia Pepa está tão animada que um vento quente começa a soprar pétalas das flores de Isabela para todo lado. Eu grito e berro de felicidade:

— Isso!

Uma cobra píton desliza na direção de Antonio enquanto ele abre a porta devagar. Duas araras coloridas vêm voando rápido e se empoleiram no corrimão. Um quati de cauda listrada corre animado, esperando sua vez de entrar no quarto de Antonio. Uma onça, de pintas escuras e pelo brilhante, salta pelas escadas na direção do meu primo, que dá um abraço de urso nela – hum, quero dizer, abraço de onça? Fico me perguntando se os abraços dela são mais fortes que os meus.

Há animais por toda parte, atraídos por Antonio como mariposas pela luz. Ele ri e abraça cada um. Fogos de artifício pipocam acima da casa, e suas luzes iluminam o rosto de Abuela. Acho que nunca na vida vi minha avó tão aliviada. Exceto naquela vez em que levantei três palmeiras que tinham caído na carruagem novinha dela.

— Temos um novo dom! — proclama ela.

Capítulo 5 * Mirabel

VOU FICANDO PARA TRÁS enquanto todos entram no quarto de Antonio. Estou feliz por ele – estou mesmo. O tímido Antonio os recebe, cheio de sorrisos e apertos de mão. A família Madrigal e os habitantes da cidade entram no novo e mágico local. Cada vez que a porta do quarto de Antonio se abre, o som de gargalhadas animadas – das pessoas e dos animais – ecoa.

Agora o tilintar do cinto de Abuela marca os ruídos da festa.

— Eu sabia que você conseguiria. — Ela olha para Antonio cheia de orgulho. É um olhar que nunca recebi. Ver Abuela abraçar Antonio é como ter um machucado no joelho; não dói tanto, a menos que eu fique cutucando. Abuela o envolve em um abraço apertado e acolhedor. — Um dom tão especial quanto você.

Penso de novo no dia do meu dom. Antes da cerimônia, Abuela veio ao meu quarto e se aninhou comigo. Ela me acalmou assim como eu fiz com Antonio hoje de manhã. Abuela me contou a história da vela Madrigal, aquela que criou o Encanto e a Casita. Aquela que abençoou todos os seus filhos e netos.

Juntas, bem pertinho, observamos a chama.

— Hoje, esta vela vai dar seu dom, *mi vida*. Faça com que o sacrifício de seu Abuelo tenha valido a pena. Seja merecedora do seu milagre. Deixe sua família orgulhosa.

Lembro-me de me encher de orgulho, e até de espanto, ao pensar em ser graciosa como minha irmã Isabela, ou forte como minha irmã Luisa, ou útil como Mamá.

— Qual a senhora acha que vai ser meu dom, Abuelita? — perguntei. Eu via tantas possibilidades naquela época.

— Você é maravilhosa, Mirabel — Abuela me disse, o rosto cheio de amor. — Qualquer dom que lhe espere será tão especial quanto você. — Também lembro a expressão de decepção de minha avó quando eu não recebi um dom. Foi a última vez que ela me abraçou daquele jeito.

Antonio se sacode para sair dos braços de Abuela. Está animado demais para abraços longos. Pega a mão dela para puxá-la para dentro do quarto. Quando entro alguns passos depois dos dois, fico boquiaberta com o que vejo.

Há árvores por todo lado. Palo santo, palmeiras-de-cera. Animais pulam de galho em galho. Antonio, geralmente quieto e tímido, salta no meio de todos. Ele vai de uma família de quatis a uma pilha de cobras. Rodopia pelos galhos de uma ceiba gigantesca, cumprimentando com um tapinha vários saguis.

— Quer ir aonde? — pergunta ele à onça enquanto sobe nas costas dela. — Uooooooou-uuu! — grita Antonio quando o animal o joga no ar. É como se ele de repente se tornasse quem devia ser, penso, vendo-o afundar a cabeça em uma cachoeira. O menino que nunca gostou de tomar banho sacode o cabelo molhado rindo. Pula de pedra em pedra, cruzando um riacho reluzente onde eu acho ter visto o dorso cor-de-rosa de um boto. Deve ser o que um dom Madrigal faz: torna a pessoa mais ela mesma. O quarto mágico de Antonio é tão único e amigável quanto ele – é uma baita mudança, considerando o nosso quartinho de criança.

— Precisamos de uma foto, pessoal! — chama Abuela, fazendo um gesto para toda a família. — Venham, venham, venham. É uma grande noite.

Isabela ajuda a reunir minha *tía* e meu *tío*, além dos meus primos. Lampiões iluminam o caminho. Tia Pepa está radiante, com um arco-íris completo sobre a cabeça. Luisa carrega alguns troncos para criar uma área para as pessoas se sentarem. Mamá está entregando *obleas* com doce de leite aos convidados. Felix e Dolores trabalham em algum tipo de música no *tiple*, e Camilo faz todo mundo rir enquanto se transforma em uma das crianças da aldeia e depois em um adolescente irritante – ou seja, nele mesmo. Abuela sorri para minha irmã, que está organizando a família.

— É uma noite perfeita.

Empurro os óculos mais para cima no nariz. Os Madrigal estão mesmo perfeitos. Cada um é único e especial. Cada um tem um dom. Observo Abuela sorrir para as filhas e os netos. Por que ela não sorri assim para mim? Olho ao redor. Deve ter algo que eu possa fazer para deixá-la orgulhosa.

— *¡Vengan!* — alguém grita, acordando-me das memórias dolorosas. Pisco para afastar uma lágrima. (Deve ter algo nesta floresta me dando alergia!) Preciso tentar fazer parte desta família. Preciso achar um modo de garantir meu lugar como uma Madrigal. Aliso minha saia e ajeito meu cabelo. Então, dou um passo à frente para me aproximar da minha família...

— Todos digam "família Madrigal"!

O flash estoura, um sorriso em cada rosto. Menos no meu. Porque eu não saí na foto desta vez.

Preciso sair da festa de Antonio antes de causar ou dizer algo que estrague tudo. O melhor que posso fazer para ajudar minha família neste momento é não fazer nada. Eles não me querem aqui. Não precisam de mim. Observo Antonio andar nas costas da onça que nem um caubói e dou um sorriso triste. Até ele está bem sem mim. Provavelmente nem vai precisar abraçar o bicho de pelúcia que lhe dei de presente – agora, ele tem um animal de verdade. Saio de fininho do quarto de selva para o corredor silencioso. Quando a porta de Antonio se fecha atrás de mim, os sons da festa de repente se extinguem, como uma vela sendo apagada.

Fujo para meu cantinho favorito – o telhado. Se eu subir na sacada e agarrar a calha que há bem ali, consigo chegar até lá. Daqui, vejo tudo e, ainda melhor, ninguém me vê. As telhas ainda estão quentes pelo sol. Tiro os sapatos e absorvo o calor. Olho para Encanto. As árvores são sombras escuras, e as flores de Isabela reluzem ao subir pelas paredes. Do outro lado do pátio, vejo o quarto de Abuela. Ela está na festa de Antonio, mas a vela Madrigal brilha forte na janela, como sempre. A vela nunca derrete, nunca pinga, nunca se apaga.

— A vela guarda o milagre dado à nossa família — Abuela me contou no meu quinto aniversário, o dia em que eu devia receber meu dom. Perguntei por que tínhamos recebido um milagre. — Amor, sacrifício, uma promessa que seu *abuelo* fez na noite em que nossos filhos nasceram em um mundo caótico. Ele prometeu que acharíamos um novo lar, que nossos filhos teriam uma vida melhor. — Lembro-me da lágrima no olho de Abuela enquanto ela me contava isso. — E, quando ele se foi, a terra decidiu que sua promessa seria mantida. — Mesmo agora, sinto o calor da mão da minha Abuela tocando meu rosto. — A vela se encheu de magia, virou uma chama eterna.

Observar a vela queimando na janela de Abuela é ao mesmo tempo reconfortante e um lembrete de que não tenho um dom.

Crack!

O som me assusta. Isso não parece nada bom. Quando olho ao redor, porém, vejo o tucano. Ele balança a cabeça e solta um grunhido. Está bem, talvez não tenha nada de errado, exceto o fato de que eu-não-recebi-um-dom-e-todo--mundo-recebeu.

— Que legal! Um tucano de plateia — digo em voz alta. A ave parece dar risada. — É um começo. — Eu me levanto e me apresso para voltar lá para dentro.

Clonc!

Paro quando uma telha se solta e cai no pátio. Isso definitivamente não é nada bom. Corro até lá embaixo. A festa no quarto de Antonio continua rolando. Está uma grande bagunça no pátio. As evidências da cerimônia estão espalhadas por toda parte: as flores, os bancos tortos. E, então, vejo a telha caída, quebrada ao meio Pego um dos pedaços.

— Ai! — exclamo ao cortar a mão numa parte afiada. — Casita? — digo, olhando em volta. — Você está bem? — Estendo a mão e faço um carinho na parede interna. A casa geralmente gosta quando faço isso.

Mas Casita não dá sinal de apreciar o gesto. Em vez disso, aparece uma pequena rachadura sob minha mão. Eu a tiro rapidamente.

— Casita? — Está bem, agora eu tenho certeza de que tem algo errado.

Crunch!

A rachadura aumenta. Outra telha cai e se espatifa no chão de tijolos do pátio. Agora, há várias rachaduras, cada uma delas aumentando. Elas se movem pela parede na direção da escadaria.

Crack!

Dezenas de rachaduras correm pela escadaria na direção do corredor com as portas da família. Vou atrás delas. Tem algo terrivelmente errado, eu sei. Estou muito preocupada com Casita. Com a família. Só quero que todos estejam felizes e seguros. Essas rachaduras não parecem ser um bom sinal. Elas passam pela porta de Isabela, as flores por um momento vacilando. Continuo seguindo. As teias de aranha na porta daquele que ninguém fala tremulam quando as rachaduras passam. À minha frente, está o quarto de Abuela, com a vela no parapeito. As rachaduras parecem se multiplicar, apressadas para chegarem à porta. Quando me aproximo, porém, a vela parece ficar mais fraca. Paro e esfrego os olhos. Devo estar vendo coisas. Abro-os de novo. Ela *está* mais fraca. Um pingo de cera escorre pela vela que, geralmente, nunca pinga. A vela mágica Madrigal está se apagando.

Capítulo 6 * Isabela

O QUARTO DE ANTONIO É LINDO. O lugar me lembra um pouco o meu, embora não seja tão colorido. E, claro, com mais animais. Enquanto no meu quarto há flores, no dele há árvores. Se eu tenho rosas enfileiradinhas, ele tem videiras emaranhadas. Enquanto a luz do meu quarto brilha em um tom arroxeado, por causa dos milhares de orquídeas, a luz aqui é amarelada, por causa dos lampiões, e tingida de verde, graças às inúmeras plantas. Uma brisa suave sempre mantém meu quarto na temperatura perfeita, mas aqui há sopros de vento e momentos de quietude abafada. O quarto de Antonio é bem movimentado, pois os animais passam balançando, galopando, brincando e rastejando. Olho para meu primo de relance. Ele não podia estar mais feliz. Pula em cima de uma onça e, juntos, ambos correm pelo quarto-floresta, saltando obstáculos de capivaras e pulando em riachos reluzentes. Antonio grita de alegria.

Sei bem como ele se sente. Lembro como fiquei emocionada quando vi meu quarto especial pela primeira vez. Amo flores desde que consigo me lembrar, e estar cercada delas foi incrível. Eu me recordo de rodopiar de alegria, da saia do meu vestido branco e lindo rodopiando, assim como da minha avó e minha mãe sorrindo para mim. O dia de receber o dom é o momento mais mágico – e *importante* – da vida de um Madrigal. É justamente o que o torna um Madrigal.

A não ser, claro, que você seja a Mirabel. Aí... bom, você continua sendo uma Madrigal, eu acho, só que diferente.

— Isabela! — Mamá me chama. Vou correndo atender ao seu chamado; não gosto de fazer os outros esperarem. Ela me oferece uma *oblea* cheia de doce de leite bem caramelado.

— Não, *gracias* — respondo, afastando a comida o mais educadamente possível. — Não quero sujar o meu vestido.

Mamá dá uma mordida grande no doce.

— Claro que não, *mi hija* — diz ela, com a boca cheia. — Só quero te contar que Mariano estava perguntando de você. — Ela dá uma piscadinha.

Não consigo evitar; fico corada ao ouvir o nome dele.

— Ele vai pedir você em casamento, Isabela.

— Eu sei, Mamá. — Tiro uma mecha de cabelo do rosto. Ao fazer isso, minha mãe agarra minha mão.

— O que aconteceu? — pergunta, vendo o lugar em que o espinho da rosa me espetou.

— Não foi nada — falo. — Só um espinho. Não está doendo nem um pouco.

Mas Mamá não consegue evitar.

— Aqui, coma esta *arepa*. Você não vai derrubar migalhas. — Obedeço e coloco o disco de farinha de milho na boca. É delicioso. Meu ferimento minúsculo desaparece, e Mamá sorri, dizendo: — Estou tão orgulhosa de você...

— A CASA ESTÁ CORRENDO PERIGO!

Nós duas viramos e vemos Mirabel irrompendo pela porta de Antonio, o rosto pálido, a saia suja.

— A CASA ESTÁ CORRENDO PERIGO!

Mirabel corre até parar na nossa frente, ofegante.

— A vela... a parede... — Ela respira. — As telhas estavam caindo e havia rachaduras por todo lado. E a vela quase se apagou.

Mamá arfa, cobrindo o rosto com a mão. Murmúrios alarmados percorrem os convidados da festa.

Abuela marcha na direção de Mirabel. Está de cabeça bem erguida. Conheço esse olhar. É assim que eu ajo quando caminho pela cidade querendo que todos confiem completamente em mim e me admirem.

Abuela fala em voz baixa:

— Mostre para mim.

Por quê? Por que Mirabel não pode se comportar pelo menos uma vez? Ela vai se encrencar.

Com Mirabel e Abuela na frente, todos saímos do quarto de Antonio para o pátio.

Nenhum de nós vê nada.

Estou com tanta vergonha por Mirabel. Sim, algumas das flores estão sem as pétalas. E um dos bancos está virado. Mas, fora isso, tudo parece normal. Em que ela estava pensando?

Mamá parece horrorizada e envergonhada. Passa a mão pela parede lisa da Casita.

— Quê...? Casita? — Mirabel fica de queixo caído. — Começou bem ali. A casa estava rachando. A vela estava apagando. — Os olhos de Mirabel estão suplicantes ao mirar Abuela.

Abuela suspira.

— Abuela, eu juro, eu...

— Já chega. — A voz de Abuela está baixa e séria. Ela nunca, nunca falou comigo assim. Eu me sentiria muito humilhada no lugar de Mirabel.

— Mas... — Mirabel olha freneticamente ao redor, das paredes intactas para a multidão de pessoas com olhos esbugalhados.

Abuela pigarreia e dá um passo em frente. Para no corrimão que dá para o pátio e para a multidão.

— Não há nada de errado com *la* Casa Madrigal — anuncia. Sua voz é forte e tranquilizadora.

Sinto a multidão relaxando, grata por Abuela estar no controle. — A magia é forte! Por favor! Voltem à *fiesta*! Comam! Bebam! *¡Disfruten*! Divirtam-se com os animais de Antonio e o novo dom dele.

Abuela passa pela multidão, levando Antonio à frente para que ele volte a ser o centro das atenções. Como deve ser.

Mirabel está petrificada. Colada ao chão.

Meu suspiro é quase tão profundo quanto o de Abuela. Antes de descer, estendo a mão para tocar a manga da roupa de Mirabel.

— Por que você não pode só ficar feliz por ele?

Minha irmã não responde. Não sei o que fazer. Quero consolá-la porque é meu dever de irmã mais velha, mas não quero que Abuela fique brava comigo também. Quero perguntar a Mirabel em que ela estava pensando, mas não quero que os convidados achem que acredito nas baboseiras dela. Retiro a mão e me viro para seguir os outros, deixando minha irmã sozinha com suas fantasias.

Capítulo 7 * Mirabel

ESTÁ ACONCHEGANTE NA COZINHA, onde estou sentada mordiscando uma das *arepas* que Mamá está fazendo. O queijo delicioso conforta meu coração, que é o que deveria acontecer. Mas ainda estou mal-humorada.

— As rachaduras eram reais — digo, de boca cheia. — Estavam por todo lado.

Mamá assente com a cabeça, mas não levanta os olhos da massa que está sovando.

— Se eu tivesse imaginado tudo, como teria cortado a mão?

Ao ver meu corte, ela me levou até a cozinha para poder me curar.

— Eu nunca estragaria a grande noite do Antonio! — Afundo na cadeira. Antonio provavelmente é meu Madrigal favorito. Sempre foi meu melhor amigo. Penso nele em seu novo quarto... e em mim no meu quarto solitário e sem magia. Embora esteja triste, eu nunca faria nada para magoar meu primo. — Você acha que eu faria isso com ele?

Mamá limpa as mãos no avental e tira o cabelo do rosto, deixando um rastro de farinha.

— O que eu acho é que hoje foi uma noite muito difícil para você...

— Não é isso! — Não consigo não levantar a voz, mesmo que não seja culpa dela. Queria que alguém mais tivesse visto as rachaduras.

Que Casita pudesse mostrá-las à família. Que alguém, qualquer um, acreditasse em mim. Mas, como não tenho um dom, por que acreditariam?

— Eu disse que estava bem!

— Amor, você não está. Se estivesse, hoje teria sido... — Ela me observa como se eu fosse uma criancinha que não entende nada. Olha-me como se tivesse pena de mim. — Se estivesse, hoje teria sido diferente.

Ela se afasta do fogão e pega minha mão, examinando com cuidado a ferida que está se curando.

— Por que você vive se machucando, Mirabel?

Não respondo porque sei que é o tipo de pergunta que não exige resposta. Vivo fazendo tudo errado, mesmo quando tento fazer as coisas certas. Quero ser perfeita como Isabela, obedecer como Luisa. Mas não consigo. Eu só quero ser parte da família. Embora Felix e meu *papá* também não tenham dons, são mais parte da família do que eu. Afinal, todos amam escutar meu pai tocar piano, e Felix vive fazendo as pessoas rirem. Além do mais, eles têm um ao outro. Eu... não tenho ninguém. Meu nariz escorre, então uso meu braço livre para passar a manga da minha roupa pelo rosto. Se Isabela me visse fazendo isso, ia me achar nojenta. Ela sempre usa um lencinho.

Mas Mamá nem repara.

— Eu estava protegendo a família — digo. Nós duas ficamos olhando o sangue secar devagar e desaparecer da minha mão. — Eu posso não ser superforte que nem a Luisa ou perfeita que nem a *señorita perfecta* Isabela, que nunca acordou com o cabelo ruim, mas... — Olho a farinha no cabelo de Mamá. Pergunto-me por um segundo se ela tem dias de cabelo ruim como eu. Porém, observando melhor os fios de Mamá, percebo que a farinha deixou lindas mechas grisalhas em seu cabelo. Não, pelo visto, apenas eu tenho dias de cabelo ruim. — Deixa pra lá.

— Eu queria que você se visse como eu te vejo — diz Mamá, ainda segurando minha mão. — Você é perfeita desse jeitinho. — Ela acaricia meu cabelo. Nós duas temos cachos selvagens que se recusam a ser domados. — Você é tão especial quanto qualquer pessoa desta família.

Levanto uma sobrancelha, olhando primeiro para minha mão novinha em folha e depois para Mamá.

— Você acabou de curar minha mão usando uma *arepa con queso*.

Mamá ri e balança a cabeça.

— Só curei sua mão com meu amor. — Ela me puxa para si. Será que vai me obrigar a sentar em seu colo? Eu já tenho quinze anos, sou velha demais para isso! — Meu amor pela minha filha, com seu cérebro maravilhoso...

— Aff! Lá vamos nós. — Tento me desvencilhar.

— ... seu coração grande...

— Mamá!

— ... seus óculos descolados!

— Argh! — resmungo quando ela dá um beijo molhado na minha bochecha.

— *Ay* — diz ela, olhando para mim. Seus olhos são poças escuras, como se ela quisesse me entender, mas não conseguisse.

— *Te amo, cosa linda*.

Eu sei que ela me ama, mas não sou mais criancinha. Sacudo os ombros para sair do abraço.

— Eu sei o que vi.

Mamá suspira e balança a cabeça, secando as mãos em um pano de prato.

— Olha, meu irmão Bruno se perdeu nesta família. — Ela estende a mão e coloca uma mecha de cabelo atrás da minha orelha. — Não quero que aconteça o mesmo com você. Durma um pouco. Você vai se sentir melhor amanhã.

Mas eu sei que não vou deixar isso para lá. Não posso.

Todos estão passando a noite no quarto de selva de Antonio, mas prefiro voltar ao meu. Lá, eu só ia atrapalhar. Abro a porta, e meu quarto parece mais sem graça do que nunca. Até minhas tentativas patéticas de decorar o espaço – o tricô, os desenhos – parecem tristes. Mas sei que não imaginei aquelas rachaduras. Não sonhei com a vela se apagando. Eu sei o que vi.

Eu me deito na cama, mas é óbvio que não vou dormir hoje, não importa o que Mamá tenha me dito. Não tem como eu dormir com tudo o que está passando pela minha cabeça. Eu *sei* que aquelas rachaduras significam alguma coisa. E não deve ser nada boa.

Jogo as cobertas de lado e saio da cama. A porta do meu quarto range quando eu a abro, e olho para a vela no parapeito do quarto de Abuela do outro lado do pátio. Caminho na ponta dos pés. Indo na direção do quarto da vovó, passo a mão pela parede do corredor. Lisa. Sem rachaduras.

Clink. Catchim.

Ouço o tilintar do cinto de Abuela ao me aproximar do quarto. Pela janela, iluminada pelo brilho da vela, eu a vejo. Ela anda de lá para cá, fazendo com que as chaves e os penduricalhos presos em seu cinto chacoalhem a cada passo. O quarto dela é modesto, com uma cama simples. Embora os demais membros da família tenham quartos incríveis, como o de Antonio, o de Abuela é básico, sem frufrus. Os móveis parecem velhos, a colcha, gasta. Fico pensando se são as mesmas coisas que ela trouxe consigo quando chegou a Encanto. Escuto um barulho – algo parecido com uma tosse ou um chiado – e observo o rosto dela... Não tenho certeza do que está acontecendo. Nunca vi o rosto dela assim... Franzo os olhos e percebo que ela está chorando. Abuela, orgulhosa, forte, rígida, está chorando! Isso não é um bom sinal. Ela agarra o medalhão pendurado em seu cinto. Clica para abrir, e vejo de relance uma velha fotografia de *abuelo*.

— *Ay*, Pedro — diz Abuela, olhando a foto.

Eu me escondo entre as sombras.

— *Ay*, o que eu faço? — continua ela, a voz suave e triste. — Se alguém souber como estamos vulneráveis, e que podemos perder nosso lar. Bruno sabia que as rachaduras iam crescer, que nossa magia poderia esmorecer, mas escondeu isso de nós.

Sinto um arrepio subir por minha espinha. *Bruno? Nossa magia poderia esmorecer?* Isso não é nada bom.

— E agora preciso de ajuda, *mi amor* — fala ela. Tento imaginar Abuela jovem. É difícil, mas, quando ela olha para a foto do marido, quase consigo visualizar a noiva que ela foi cinquenta anos atrás. É estranho ver como as pessoas são quando não sabem que há alguém olhando.

— Preciso dar um jeito de impedir que nossa casa esmoreça. — Nunca ouvi Abuela pedir ajuda. Ela sempre parece tão forte, alguém que nunca, jamais precisaria da ajuda de outra pessoa. Queria poder ir até ela, mas continuo imóvel nas sombras em frente à janela. — Se existe uma solução, ajude-me a encontrá-la. Ajude-me a proteger nossa família. — As palavras dela são como uma oração. Abuela leva o medalhão aos lábios. — Ajude-me a salvar nosso milagre.

Em vez de beijar o medalhão, ela o fecha com um estalo.

Meu coração bate tão forte que é uma sorte não acordar Dolores. Sinto o ardor de uma lágrima em meu olho. Vendo seu corpo encolhido, tudo o que mais quero é poder ajudar Abuela.

Ela seca os olhos e volta sua atenção para a vela. A cera pinga. As rachaduras que vi eram reais. A vela se consumindo – isso também era real. Eu não imaginei nada. Não sou encrenqueira! Não sou doida! Eu me endireito, o que me deixa mais alta. Se só eu vi as rachaduras, talvez isso queira dizer que posso ajudar Abuela.

Preciso salvar a magia. Preciso salvar a família. Minha família.

Vou ajudar minha *abuela* forte, poderosa e, às vezes, assustadora. Tenho certeza de que não imaginei aquelas rachaduras. Eu pude vê-las por um *motivo*. Preciso ajudar minha avó e o restante da família. *É isso*, penso. Vou salvar o milagre. Proteger minha família. Minha casa. Casita me dá um empurrãozinho pelo corredor, como se estivesse me encorajando.

— Vou achar um jeito! — falo, o mais confiante que consigo. — Vou salvar o milagre!

Durante minha vida inteira, quis provar que sou mais do que aquilo que todos veem. E esta é minha chance. Vou deixar meus familiares orgulhosos.

As venezianas da Casita guincham ao abrir e fechar, como se a casa não tivesse tanta certeza.

Balanço a cabeça.

— Não tenho ideia de como salvar um milagre — falo à Casita.

No entanto, tem uma pessoa nesta família que escuta todos os segredos por aqui. E é por aí que vou começar.

Capítulo 8 * Luisa

UAU, QUE FESTÃO! O quarto de Antonio era o lugar perfeito para se festejar – tanto de dia quanto de noite. Meu quarto não é tão emocionante quanto uma selva inteira cheia de animais lindos e amigáveis. Na verdade, é um labirinto de pesos e polias. Tem cordas para escalar, barras para se pendurar e um chuveiro para me lavar: tudo de que uma garota como eu poderia precisar. Não me lembro de a minha família ter se divertido tanto na cerimônia do *meu* dom. Na maior parte do tempo, todos só queriam me ver fazer truques com minha força recém-descoberta. O de sempre: levantar coisas pesadas, mudar casas e igrejas de lugar, cavar buracos fundos. Sinceramente, eu me senti meio como atração de circo. Ainda me sinto assim, na verdade. Sei que é importante usar os dons para ajudar a família, mas é cansativo às vezes.

Bocejo e me espreguiço. E, de algum jeito, consigo cair da cama. Nossa, estou mesmo cansada nesta manhã.

— Café da manhã! — grita Mamá.

E estou morta de fome.

Saio da cama cambaleando e me visto. Não importa tanto o que eu use, desde que esteja confortável. Não acho que alguém como Isabela consiga compreender a necessidade de roupas que permitam movimento. Fico parada na frente do espelho e flexiono meus bíceps. Sim, esta blusa é perfeita.

Lá embaixo, a família toda está fazendo a algazarra de sempre, embora eu note que os adultos estão tomando mais café do que o normal. Todo mundo está falando da festa de Antonio, e ele próprio está saltitando entre o tio e os primos, contando-lhes tudo sobre seus novos amigos animais. Antes, Antonio não falava tanto. É isso que um dom faz – torna você mais confiante em si mesmo. Sorrio.

Vou encher meu prato. Os *huevos* parecem deliciosos.

Dolores está bem atrás de mim com um prato de comida transbordando. Para alguém miúda como um passarinho, ela come bastante mesmo.

— Dolores, oi! — Nós nos viramos e vemos Mirabel.

Lá vamos nós. Não sou a única que está meio irritada com ela hoje de manhã. No momento que a tia Pepa vê Mirabel, formam-se nuvens sobre sua cabeça. *Ô-ou*. Quando Mirabel passa por Isabela, que está segurando seu *café con leche*, Isabela lhe dá as costas, as mangas bonitas e delicadas de seu vestido esvoaçando. Acho que eu destruiria um vestido bonito desses. Uns colibris fofinhos pairam sobre a cabeça de Isabela. *Own, eu queria que passarinhos voassem ao meu redor também*.

— Sabe — diz Mirabel a Dolores —, de todos os meus primos mais velhos, você é, tipo, minha prima favorita. — Observo Dolores para ver se ela percebe que é a *única* prima mais velha de Mirabel. — Sinto que posso falar com você sobre qualquer coisa. — Mirabel continua a empilhar mais comida no prato de Dolores. — Portanto, você pode falar *comigo* sobre qualquer coisa. Como o problema com a magia ontem à noite, do qual ninguém sabe. — Mirabel dá uma piscadela para Dolores. — Mas que talvez alguém secretamente saiba.

— Camilo! — meu *tío* Felix chama da mesa. — Pare de fingir ser Dolores só para poder repetir o prato.

Mirabel e eu olhamos para Dolores, que se transforma em Camilo.

— Valeu a tentativa, né! — Ele volta para seu lugar com o prato cheio.

A verdadeira Dolores entra na fila e sussurra no ouvido de Mirabel.

— A única pessoa preocupada com a magia é você — diz ela. — E os ratos escondidos nas paredes.

Enrugo a cara para Dolores. *Ratos nas paredes?* A audição dela talvez seja um pouco boa demais. Argh! Que bom que eu não consigo ouvir isso!

Dolores olha para Mirabel e, depois, para mim.

— E a Luisa.

Fico paralisada. Fui descoberta?

— Eu a ouvi suando a noite toda.

Mirabel fica me olhando e depois abre a boca para falar.

— Todos para a mesa! — declara Abuela, interrompendo o que quer que fosse acontecer em seguida. — Vamos, vamos. *Vámonos*. — Todos que não tinham achado um assento se sentam na hora, obedientes. Sou obrigada a ficar ao lado de Mirabel.

— Luisa… — sussurra Mirabel.

— Família, todos estamos gratos pelo dom maravilhoso do Antonio — continua Abuela. Ela puxa a cadeira que está na ponta da mesa, sendo surpreendida pelo chilreado de alguns quatis.

Antonio dá risada.

— Eu disse para eles esquentarem seu lugar!

Abuela os espanta.

— Obrigada, Toñito. Com certeza vamos achar um jeito de usar sua bênção. — Os quatis saltam da cadeira para a mesa e, depois, em direção ao ombro de Abuela.

— Luisa — sibila Mirabel no meu ouvido enquanto nossa avó tenta se livrar dos animais de Antonio. — Você conversou com Abuela ontem à noite? Sobre algo secreto?

Tento a todo custo manter uma expressão neutra. Lábios bem fechados. Olhos abertos e sinceros. Sem ficar vermelha nem corada. Orelhas... Oh, o que as orelhas poderiam fazer?

— Você conversou! — Mirabel arfa. Ela dá um soco na mesa de animação.

Agora minhas orelhas estão vermelhas. Pelo jeito, é isso que elas fazem.

— Mirabel! — diz Abuela, finalmente livre dos quatis. — Se não consegue prestar atenção, vou ajudar você.

Vejo que agora é Mirabel quem está se esforçando para manter uma expressão neutra. E ela não é melhor nisso do que eu.

— Casita — chama Abuela. Na mesma hora, Casita arranca a cadeira de Mirabel para longe da minha, aproximando-a da vovó.

Que alívio.

— Como eu ia dizendo, precisamos nos esforçar todos os dias para merecer nosso milagre. Então, hoje, vamos trabalhar duas vezes mais.

Mirabel levanta a mão.

— Eu ajudo a Luisa…

— Espere — fala Abuela, séria. Se eu fosse Mirabel, ficaria quieta. Nossa avó parece estar perdendo a paciência. — Primeiro, um anúncio. Falei com os Guzmán e vamos adiantar o noivado de Isabela e Mariano.

Olho para minha irmã. Ela parece… nervosa? Mas Abuela continua.

— Dolores, temos um novo horário?

Dolores inclina a cabeça como uma coruja para escutar melhor.

— Hoje à noite — diz. — Ele quer cinco bebês…

Nossa. Isa germina algumas margaridas em sua cabeça de nervoso. Os olhos de Abuela se voltam para Dolores. Minha prima para de falar.

— A união de um jovem tão bom com nossa Isabela vai trazer uma nova geração de bênçãos e fortalecer nossas famílias. — Abuela sorri como se visse um futuro cor-de-rosa. Isabela dá um sorriso perfeito. Inclino a cabeça e analiso seu rosto. O sorriso dela não está um pouco perfeito *demais*?! E ela não parece estar se esforçando um pouco *demais*?! Fico me perguntando o que Isa acha disso tudo.

— Muack, muack! — Sons de beijos vêm da outra ponta da mesa. Alguém igualzinho a Mariano está fazendo beicinho. Logo, Mariano volta a ser Camilo, que começa a rir. Não consigo deixar de dar risada quando Antonio cai da cadeira de tanto gargalhar.

— Muito bem, nossa comunidade está contando conosco. Podem ir — continua Abuela. — Deixem a família de vocês orgulhosa.

— Deixar a família orgulhosa — todos repetimos em uníssono.

Mirabel pula da cadeira como um foguete e tromba em Isabela, que franze a testa.

— Cuidado — ela diz, e joga as mechas do seu cabelo.

Observo minhas irmãs. Eu não ia querer irritar nenhuma das duas.

— Luisa…

Dou um salto e saio da sala de jantar antes que minha irmã enxerida venha me fazer mais perguntas. Além do mais, tenho trabalho a fazer.

Quando Abuela disse para deixarmos a família orgulhosa, para mim, isso significa mudar uma igreja de lugar na cidade. O padre fica olhando enquanto eu a ponho no chão.

— Hum, um pouco para a esquerda, Luisa?

Ergo de novo.

— Não, que tal para a direita?

Seguro um suspiro. Meu trabalho é ajudar a comunidade, lembro a mim mesma.

— Claro, deixa comigo! — digo, e movo a igreja outra vez.

— *Gracias, Luisa. Que Dios te bendiga* — agradece o padre.

— Luisa! — escuto. É a *señora* Osma, que sempre quer algo. — Pode desviar o rio?

Limpo as mãos e coloco um sorriso na cara.

— Pode deixar! — respondo, embora minha lista de afazeres esteja imensa hoje.

— Ah, Luisa — diz o *señor* Rendon, sempre tão descuidado —, os burros fugiram de novo.

— Já estou indo! — exclamo. Mas não consigo deixar de me perguntar por que o *señor* Rendon não cuida melhor dos burros.

— Então, Luisa — Mirabel me chama enquanto vou na direção dos burros fugitivos. Quando Abuela nos pede para fazer algo, ninguém ousa demorar em atendê-la. *Ajudar a família, ajudar a família*. Não paro. *Desviar o rio. Achar os burros*. Tenho meu próprio trabalho a fazer. Caminho mais rápido, ou seja, bem rápido. Mirabel começa a correr. — Espera, Luisa!

— Luisa! — A *señora* Ruiz aparece do nada. — *Doña* Alma disse que você podia repavimentar a praça.

A praça? Eu não fiz isso no ano passado?, penso. Mas não falo nada. Só assinto com a cabeça.

— Sem problema.

Pego dois burros e os levo de volta ao *señor* Rendon. Ah, que ótimo! Um dos burros faz suas necessidades no meu sapato. Que nojo!

— Luisa!

Quem está me chamando agora? Viro-me para trás e vejo Mirabel. De novo.

— Estou meio ocupada — falo o mais educada possível, embora esteja rangendo os dentes. Mas acho que Mirabel nem notou. Ela vive sempre tão enfurnada em seu próprio mundo.

— É, estou sabendo. Mas, hum, espera um minuto. — Olho irritada. E, ainda assim, ela continua falando. — O que está rolando com a magia? — Minha irmã mais nova me olha suplicante.

— A magia está ótima. — Limpo meu sapato em uma pedra. — Tenho um montão de tarefas, então talvez você devesse ir para casa.

— Se me contar — insiste Mirabel —, quem sabe eu possa ajudar...

Vou na direção do rio.

— Luisa — chama a *señora* Flores quando passo pela casa dela —, minha casa está inclinada para a...

Sem olhar para a *señora* Flores e sem parar de andar, empurro a casa dela para a posição certa.

— Luisa? Você está mentindo. — Mirabel parece um cachorrinho latindo nos meus calcanhares. — Dolores falou que você estava suando a noite toda, e você nunca sua, então você deve estar...

— Sai — digo ao pegar mais um dos fugitivos do *señor* Rendon. — Você vai me fazer derrubar um burro. — *E em cima de você*, penso, mas não falo.

— Será que dá para você... Luisa! — exclama Mirabel. — Você diz "sim" para todos menos para sua irmã que nunca pede nada. Mas agora que eu preciso de você, esses burros idiotas são mais importantes que sua própria família.

Paro de repente. O burro que estou carregando dá um resmungo.

— Só me conta o que você sabe. — Mirabel olha ao redor, mas todos na cidade estão ocupados com suas próprias tarefas. Estamos só nos duas. E o burro. — Luisa? Você com certeza está nervosa com alguma coisa. Tem a ver com ontem? Se você souber de algo e não disser, as coisas podem piorar...

— Eu senti uma coisa! — grito para ela.

— Sentiu o quê? Algo ligado à magia?

Ela está me olhando fixamente. Balanço a cabeça.

— Não senti. Pensando bem, não senti. — Ergo mais alto o burro que estou carregando.

— Não teve rachaduras. Eu estou bem, tudo está bem. Não estou nervosa.

Mirabel não para de me olhar. Seus olhos atrás dos óculos verdes estão enormes e não piscam.

— Luisa?

— Eu *não estou* nervosa. — Sinto meu rosto ficando vermelho. Ela pisca.

Solto o burro de qualquer jeito no chão, mas ele está bem.

— Argh! — resmungo. Não consigo acreditar que deixei minha irmã me ver surtando.

— Tá bom, tá bom. — Mirabel se afasta. — Não estou dizendo que você esteja. Mesmo porque você é... você...

— Desculpa, é que Abuela já está no meu pé, e agora preciso pavimentar um rio e escavar uma praça. — Ou seria o contrário? Suspiro. — Ninguém me entende ou me vê de verdade! As pessoas só enxergam o que está na superfície. — Mostro meu sapato. O cheiro é horrível. — E está vendo isto?

Mirabel faz uma careta. Concorda que é nojento. E, por algum motivo, a expressão dela – uma mescla de vergonha, um pouco de pena e uma risada nervosa malcontida – me faz querer contar para ela como é.

— Ninguém acha que eu posso ser esmagada por esse peso.

— Você? — Mirabel arregala os olhos.

— Não um peso em si. Afinal, sou forte. Mas a pressão de ter que fazer tudo, e para todos. Eu nunca posso relaxar, nunca posso só me divertir. — Tento explicar a Mirabel que até uma garota forte como eu pode se cansar. Se cansar das responsabilidades e das expectativas. Ela assente como se concordasse, embora não possa realmente entender como é o peso de todos contarem com você.

— Acho mesmo que você precisa de uma folga, Luisa — diz ela.

Estou ofegante, mas foi ótimo, bem, desabafar. Foi ótimo contar a Mirabel como as coisas realmente são para mim. Balanço a cabeça.

— Luisa não tira folgas.

Eu a abraço. E, aí, aperto mais forte.

— Sufocante — diz Mirabel de dentro do meu abraço. Mas ela está bem, acho, e aperto mais.

Talvez eu devesse ajudá-la.

— Quer descobrir um segredo sobre a magia? Vá até a torre do Bruno — digo a ela. — Encontre a última visão dele.

Mirabel murmura algo que não consigo entender. Talvez o abraço esteja apertado demais. Solto um pouco.

— Visão — repete ela. — Visão do quê?

— Ninguém sabe — falo. — Nunca acharam.

Mirabel se contorce para sair do meu abraço. Parece surpresa. Não sei se é surpresa por causa da visão ou surpresa comigo e com tudo que acabei de falar.

— Luisa! — alguém chama. — Os burros!

Olho ao redor procurando os animais. Aff, estão todos espalhados outra vez.

— Deixa comigo! — grito, e pego um burro.

— Você realmente deveria pensar sobre tirar uma folga — diz Mirabel, como se estivesse falando bem sério. Talvez minha irmãzinha não seja tão ruim.

— Você é bem legal, mana. — Dou um soquinho no braço dela. — Quem sabe eu não faça isso? — completo, com um sorriso.

— Espera! — grita Mirabel. — Como a gente "acha" uma visão? O que isso significa?

Com um burro embaixo do braço, vou de novo na direção da praça. Desviar a praça, pavimentar o rio. Não. Desviar o rio, pavimentar a praça. Isso.

Paro e me viro.

— Você vai saber quando encontrar — digo a Mirabel. — Você é uma boa ouvinte, mana. — Ergo o burro no braço. — Mas toma cuidado — falo, chamando a atenção dela. — Aquele lugar é proibido por um motivo.

Capítulo 9 * Mirabel

VAI DAR CERTO. Vou ficar bem. Vai dar certo. Vou ficar bem.

Esse é o mantra que digo enquanto retorno à minha casa para "achar a visão", o que quer que isso signifique. Luisa estava… estranha. Mas meio que ajudou. Quero dizer, ela me contou seu segredo, além de várias outras coisas que eu não sabia a seu respeito. Não acredito que ela se canse de tantas responsabilidades. Ela faz tudo parecer tão fácil!

Nada nunca parece fácil para mim. Mas: *vai dar certo. Vou ficar bem.* Meu plano – se é que dá para chamar assim – é ir à torre de Bruno e... bom, ainda não pensei nessa parte. Penduro minha mochila no ombro e vou na direção da escadaria. Enquanto passo de fininho pelo pátio, ouço vozes.

— Sim — Abuela está dizendo a alguém. Escondida num canto, eu a vejo trançar o braço no de Isabela.

— Não consigo pensar em um par mais perfeito — diz minha irmã. Não entendo por que ela já quer se casar. Isabela tem vinte e dois anos, que é idade suficiente para se casar, mas também meio nova. Sei que Mariano é bonito e tudo, mas ela tem bastante tempo. Não que eu fosse dizer isso a *ela* ou a Abuela. Vou na direção do quarto de Bruno sem as duas me verem.

Enquanto subo na direção da porta de Bruno, levanto os olhos para a janela de Abuela. Consigo ver a vela e sua chama crepitando. Definitivamente não está tão forte quanto era. Não há tempo a perder. Continuo em frente, mais rápido, ofegando. Se eu fosse tão forte quanto Luisa, não estaria respirando forte assim. Se eu fosse tão perfeita quanto Isabela, provavelmente não estaria nesta confusão.

Continuo subindo. Quanto mais alto subo, mais alto parece cada degrau. Minhas pernas queimam e minha respiração está curta. Enfim, tiro as teias de aranha antes de abrir a porta de Bruno com um rangido resmunguento.

A entrada do quarto dele é tão escura que não consigo ver nada de início. Fico parada na escuridão enquanto, pouco a pouco, formas se moldam ao meu redor.

— *Atchim!* — Limpo o nariz com a manga da minha roupa. É muito empoeirado aqui. Enquanto meus olhos se ajustam, vejo que não está só cheio de poeira – há areia por toda parte. A areia cai de cima como uma cortina, criando pequenas dunas por todo o quarto.

— Casita, você pode desligar a areia? — peço. Mas ela continua fluindo.

Os azulejos do piso em frente ao quarto se abrem e fecham, como se para responder minha pergunta.

— Você... você não pode ajudar aqui dentro?

Não, a casa parece me dizer.

Meu sangue gela. Nunca fiquei por minha conta antes. Quero dizer, muitas vezes estou *sozinha* – afinal, sou a única Madrigal sem um dom. Mas nunca estou totalmente por minha conta, sabe? Sempre tenho a Casita.

— Hum — digo. Minha voz soa metálica e tímida. — Vou ficar bem. Preciso fazer isto. — Respiro fundo, como se conseguisse inspirar coragem. — Preciso fazer isto por você, Casa. Por Abuela. E, acho, por mim também.

Meus sapatos fazem um som arenoso quando dou alguns passos dentro do quarto escuro.

— Está bem — digo em voz alta. — Achar a visão. — Minha voz ecoa no espaço estranho. Dou mais alguns passos. *Vai dar certo. Vou ficar bem.* Não pode ser tão ruim. Não estou com medo, lembro a mim mesma. — Salvar o milag...

De repente, em vez de pisar em azulejos, eu me vejo pisando em... nada. E lá se vão meus pés! Agora, estou deslizando, deslizando pelas dunas. Tem areia nos meus olhos, na minha boca e em muitos outros lugares aonde a areia jamais deveria chegar.

O quarto, claro, é enorme, como o de todos os Madrigal (bom, exceto o das crianças, ou seja, o meu). Só que ainda maior. Tipo, gigante. Tem uma encosta montanhosa íngreme e rochosa.

Também tem uma cachoeira esplendorosa.

Só que – espera, não é uma queda-d'água. É uma queda *de areia*! Mais escadas serpenteiam até o topo da encosta rochosa, onde há um brilho verde. E, apontando na direção das escadas, há uma placa enorme dizendo "VISÕES".

Olho para o quarto, para o local onde há o brilho verde, para a placa e, por fim, para as escadas.

— Pelo jeito, vou me exercitar hoje — digo a mim mesma. Aí, dou risada, já que não tem ninguém perto para rir da minha piada.

Crrrr, crrrr! Eu me abaixo quando o tucano de Antonio voa desajeitado na minha direção. É um sorriso na cara dessa ave?

— Hum — digo ao tucano. — Bastante escada. — Estico o pescoço para ver quantas e qual a distância. — Mas, pelo menos, não vou precisar subir sozinha. — Faço um gesto para o tucano ir primeiro. Ele ri e crocita ao mesmo tempo. Depois, sai voando. Então, pelo jeito, vou sozinha mesmo.

Vou ficar bem. Vai dar certo.

Se eu achei que estava cansada depois do primeiro lance de escadas, agora estou completamente exaurida. Cada passo é como um formigueiro nas minhas panturrilhas. Meus sapatos parecem tábuas de madeira. Meu peito se aperta a cada respirada.

Crrrr! O tucano se empoleira perto de mim enquanto pauso para tentar recuperar o fôlego. Balanço a cabeça.

— Nos encontramos de novo. — Arfo. — Alguma ideia para tornar isso mais fácil? Nem todos conseguem voar.

O tucano não responde, mas pula para a frente e para trás no corrimão. Só que, percebo, não é um corrimão qualquer. É uma corda. *Vai dar certo!* Jogo a corda por cima da pedra no topo da queda de areia. Deve haver um jeito de me içar como um dos quatis de Antonio. Agarro a corda, dou um passo para trás, fecho bem os olhos e me lanço até o espaço verde brilhante.

Esta parte do quarto de Bruno é um desastre. Imagens esquisitas cobrem as paredes – serão as visões? Há areia por todo lado, como se ele nunca tivesse tido uma vassoura. Cantos pontudos de esmeraldas despontam aqui e ali, dando ao local o tal brilho esverdeado. Em um canto, vejo um rato – não, quatro ratos – emergindo de um velho jarro quebrado. Levanto os olhos e me deparo com uma escultura de meu *tío*. Mas é estranho, porque os olhos dele foram arrancados. Ratos entram e saem do lugar em que os olhos dele deveriam estar. Bem sombrio.

Ratos e uma escultura sem olhos. Esta é a visão? Não vejo como nada disso vai ajudar a salvar a casa, a magia, a família. Escuto um rangido e um crocitar. O tucano olha o quarto ao lado, de onde veio o barulho, e sai voando.

— Medroso — digo. Embora, sinceramente, se eu pudesse voar, talvez também fosse embora.

Em vez disso, vou em frente. Preciso salvar a magia. A família. Encanto. Caminho na direção do brilho, aprofundando-me no santuário de Bruno. Mas, quando entro no quarto escuro, está vazio. Só há um círculo de areia.

— Não tem nada aqui — falo, minhas palavras ecoando no espaço. — Tanto trabalho por nada?

Caio no chão. E daí se minhas roupas ficarem cheias de areia? Não sou a perfeita da Isabela.

Sento-me de pernas cruzadas com os cotovelos nos joelhos. E agora? Olho para baixo e limpo a areia. Algo reluz forte sob a superfície.

— O que é isso?!

É outra esmeralda, mas, por algum motivo, é diferente das outras pedras verdes. Continuo cavando. Logo, vejo uma imagem – um pedaço de uma imagem, na verdade. Será a visão de Bruno?

Engatinho por ali, limpando os cacos de esmeralda. Devem ser da visão, mas estão todos estilhaçados. É quase impossível dizer o que são. Pego um pedaço da pedra. E outro. São como peças de um quebra-cabeça, cada uma com suas bordas irregulares únicas e imagens estranhas. Pego dois cacos e tento encaixá-los. Não deu certo. Pego mais um. Um encaixe perfeito. As duas peças formam parte de uma imagem.

— O que quer dizer? — Aperto os olhos. Algo parece familiar. — Sou eu! — Eu me assusto e derrubo os cacos. — É meu rosto! Eu sou parte da visão de Bruno?

Pego um pedaço e depois outro. E outro. Podem ser importantes. Jogo na minha bolsa, só para não perder as peças. De repente, a torre toda parece tremer. Não, espera, está tremendo. Olho ao redor. Há rachaduras por todo lado agora e areia caindo por elas. Agarro mais cacos enquanto eles se espalham na areia que jorra e corre como um rio.

Sou como um tronco flutuante sendo levado pela maré de areia. Agarro-me à minha bolsa e seguro mais cacos verdes que passam rodopiando por mim. Finalmente, vejo a porta

– uma saída. Consigo me levantar e agarrar a maçaneta.

Está trancada!

A areia está se empilhando atrás de mim. Vai me enterrar. Não tenho para onde ir. Preciso passar por esta porta! Ergo a bolsa mais alto no ombro.

Vou ficar bem.

Sacudo a maçaneta. *Vai dar certo.*

Zuuum! Junto com um tsunami de areia, mergulho porta afora.

Capítulo 10 * Luisa

ALGO NÃO ESTÁ CERTO. Eu me sinto… estranha. Um minuto, eu estava finalizando a praça e, no outro, senti uma vontade avassaladora de tirar uma soneca. E eu nunca tiro sonecas! A noite é para dormir, sempre digo. O dia é para cuidar das tarefas.

Mas hoje à tarde não consegui resistir a fechar meus olhos por uns momentos, especialmente depois de devolver os burros do *señor* Rendon ao seu devido lugar. Quando abri os olhos, estavam soltos de novo! Quanto ao rio... Ah, Abuela vai ficar muito brava comigo.

Vou para casa me arrastando. No pátio, vejo Camilo jogando futebol com a Casa. Além de enganar a família se transformando em diferentes pessoas, jogar futebol com Casita é a atividade favorita do meu primo. Ele joga no pátio, fazendo das escadas o gol. Ele chuta a bola e os degraus chutam de volta. A bola batendo e a risada de Camilo são sons bem normais de se ouvir nesta casa. Mas, só de ver o vaivém da bola, eu me sinto cansada. Seu movimento parece mais rápido que o normal.

— Mais devagar, Casita! — grita Camilo. A bola vai em sua direção como um torpedo e, quando meu primo levanta os olhos para ver Mirabel, ela bate na cabeça dele. — Ai!

A Casita nunca faz isso. É sempre muito delicada quando brincamos. Pelo menos, é o que me lembro da época em que eu tinha tempo de brincar.

— Mirabel! Cuidado! — digo ao ver Mirabel virar a esquina do segundo andar e dar de encontro com Abuela. Em geral, a Casita nos ajuda a evitar esse tipo de colisão, guiando gentilmente um ou outro para o lado. Abuela derruba a corrente de seu cinto com um estrondo. E Mirabel derruba algo da sua bolsa.

— Desculpa, desculpa — balbucia Mirabel. Ela se ajoelha, pegando o que quer que tenha derrubado. — Eu estava só, hum, não é nada. Está tudo bem.

Bem? É exatamente o que ela não está. Bem? Definitivamente não.

— De onde você está vindo com tanta pressa? — Abuela pergunta a Mirabel.

De onde será que ela está vindo? Ela achou a visão? Eu me apoio em uma pedra grande que há no pátio. Será que o fato de minha irmã ter achado a visão tem algo a ver com como me sinto estranha? Ah, como eu queria não ter dito nada. Devia ter ficado de boca fechada! Mas foi tão bom desabafar sobre meus sentimentos.

— Eu estava só, hum... — continua Mirabel.

Eu me levanto. Sacudo os braços, estalo o pescoço. Provavelmente estou me preocupando à toa. Se estiver tudo bem, digo a mim mesma, vou conseguir levantar esta pedra. Não é nada. Já fiz isso milhões de vezes. Ninguém nunca consegue decidir onde a pedra fica melhor. Eu me abaixo e coloco os braços ao redor de suas bordas duras. Então me levanto...

— Meu dom! — guincho. Não consigo levantar a pedra. É *pesada* demais. Será que ser normal é assim? Como Mirabel? Isso não pode estar acontecendo!

Escuto os passos de Abuela se apressando pela sacada e descendo as escadas.

— Luisa?

— Estou perdendo meu dom! — Paro de tentar levantar a pedra e me sento nela. Eu me curvo e coloco a cabeça nas mãos.

— Como assim? — Mirabel se ajoelha na minha frente, colocando as mãos nos meus braços, e Abuela fica parada parecendo preocupada. — O que foi?

— Eu devia estar ajudando a cidade — soluço —, mas tirei uma folga. — Mirabel arfa. Assinto com a cabeça e continuo: — Eu sabia que era errado, mas peguei no sono. Quando acordei, o rio estava transbordando porque eu ainda não tinha feito seu desvio. E eu sabia que estava decepcionando a senhora. — Pego a mão de Abuela. — Aí, os burros fugiram para o milharal. Eu tentei pegá-los, mas eles eram tão pesados...

Eu demonstro, puxando e arrastando a pedra. Minha testa está suando por causa do esforço físico. Ou talvez do pânico.

Abuela olha para Mirabel.

— Você disse alguma coisa a ela?

— Eu, hum, só...

Sei que Abuela também está preocupada.

Não quero mais ouvir. Sei que é grosseiro e infantil, mas saio correndo para meu quarto.

— Você esteve com ela hoje? — escuto Abuela perguntar a Mirabel enquanto subo as escadas. Mas, antes que minha irmã possa responder, os sinos da igreja tocam bem alto. Abuela pigarreia. — Os Guzmán estão me esperando. Não conte a ninguém.

Não conte a ninguém?, repito sua frase em minha cabeça ao abrir a porta do meu quarto.

— Não há nada de errado com Luisa — diz Abuela, em tom calmante, a Mirabel. *Como não, se eu nem consigo levantar uma pedra idiota?!* Fico me perguntando se ela está dizendo isso para convencer a si mesma também. — Não podemos deixar a família em pânico. Hoje é uma noite importante demais.

Pânico? Bato minha porta. Agora *sei* que devia começar a entrar em pânico.

Capítulo 11 * Mirabel

FOI POR POUCO! Quando esbarrei na Abuela, vários pedaços da visão de Bruno caíram da minha bolsa. Quase não consegui pegar o último caco sem Abuela notar. Estava bem do lado da saia dela! Se ela descobrisse o que eu estava escondendo, sei que ia ficar bem encrencada. Mas não tenho medo. Penso no que presenciei hoje cedo com Luisa. Imagine: Luisa sem sua força? Luisa chorando? Preciso voltar ao meu quarto e analisar todos os cacos da visão de Bruno. Preciso juntar todos. Preciso descobrir o que significam. Preciso deixar a família Madrigal orgulhosa.

De volta ao meu quarto, caio na cama. As molas rangem. Estou tão confusa. Luisa ficando cansada? A areia na torre de Bruno? Abuela... – bem, Abuela parece normal, na verdade. Mas por que eu faço parte da visão de Bruno?

Eu me sento e endireito a colcha, jogando os cacos da visão pela cama como um quebra-cabeça. Movo as peças. Queria conseguir entendê-las. Fecho os olhos.

— Por que estou em sua visão, Bruno? — questiono em voz alta. Talvez, quando abrir os olhos, eu consiga ver o que não estou conseguindo compreender.

Em vez disso, quando os abro, o que vejo é a tia Pepa parada na porta do quarto com uma nuvem de tempestade em cima da cabeça.

— Credo, tia — digo enquanto me mexo na cama para esconder as peças da visão de Bruno.

— Desculpa, eu só queria pegar o resto das coisas de Antonio, mas então ouvi — Tia Pepa se distrai brevemente com a chuva que começa a pingar na cabeça dela antes de terminar a frase — "o nome que não falamos".

No momento em que a palavra "nome" escapa da boca dela, Pepa fica encharcada. Um trovão ruge.

— Que ótimo, agora estou chuviscando — diz ela —, e um chuvisco vai levar a uma garoa, e uma garoa vai levar a uma chuva, e uma... — Ela espanta a nuvem carregada com a mão, tentando empurrá-la para fora do meu quarto. — Céus claros, céus claros, céus claros.

Logo, o mantra de Pepa parece fazer sua mágica e as nuvens de chuva desaparecem. Franzo os olhos para ela.

— Tia Pepa — falo. — Se Bru... quer dizer, se *ele* tivesse uma visão sobre alguém, o que significaria?

Minha tia pega um par de cuecas de Antonio no canto do quarto. Depois, puxa uma caixa cheia de conchas de debaixo da cama dele. Encontra uma das sandálias do filho sob a janela e a outra atrás da porta. Tenho a forte sensação de que ela não vai me responder.

— Pepa...?

— Mira, precisamos nos arrumar para o jantar com os Guzmán hoje à noite. A noite especial de Isabela. — Ela aperta os lábios em uma linha.

Abro a boca para protestar.

— Mira, por favor. — A nuvem de chuva acima da cabeça dela está voltando a se formar, ficando mais escura, mais grossa e mais cheia de água. Não quero chateá-la, mas preciso entender.

— Eu sei, mas é que, hum, hipoteticamente...

Não consigo olhar para minha tia enquanto pergunto isso. Ela também não me olha. Está parada na janela, agarrando pertences aleatórios de criança. Respiro fundo e digo de uma vez.

— Se ele visse alguém em uma de suas visões, isso seria algo bom?

— Seria um pesadelo!

Tanto Pepa quanto eu pulamos ao ouvir a voz.

— Felix! — exclama Pepa. Meu tio está parado na porta, seu rosto, geralmente tão sorridente, está sério. Pepa o olha com seriedade também.

— Ela precisa saber, Pepi — diz meu tio. — Ela precisa saber. — Felix se senta na cama que era do filho. — Ele estragou tudo.

Penso nas dunas de areia, na poeira e nos ratos.

— Estragou como?

— Bom...

— Não falamos do Bruno. — Pepa abraça mais forte os sapatos e as roupas de baixo de Antonio.

— Ele entrava na sua cabeça — continua Felix. — Mostrava uma coisa terrível. E, *tcharã*, acontecia.

— Não falamos do Bruno! — A coitada da minha tia agora é uma tempestade ambulante. Mas ainda preciso saber.

— E se você não entendesse o que viu? — pergunto a Felix.

— Aí eu trataria de descobrir, porque, seja lá o que fosse, viria me pegar!

Capítulo 12 * Isabela

ESTOU CUIDANDO de uma buganvília cor-de-rosa em frente ao meu quarto quando escuto algo sobre "o nome que não falamos". Quem está falando dele? Ando de fininho em direção às vozes. Abuela vai ficar muito brava se ficar sabendo disso, e não quero vê-la irritada. Enquanto corro pela sacada, escuto o barulho de um trovão. A tia Pepa está falando do meu tio?

Corro na direção do barulho. Claro, está vindo do quarto de Mirabel. Quando ela vai aprender a parar de procurar problema? Olho pela porta e vejo minha irmã na cama, com um monte de porcarias saindo de sua bolsa. Pepa, seguida por uma nuvem de tempestade e uma ocasional explosão de raios, está conversando com ela. Felix intervém de vez em quando.

— Não falamos do Bruno! — grita Pepa.

Por que estão pronunciando o nome que não falamos? Quero mandar que ela fique quieta, caso Abuela esteja perto. Mas não quero que saibam que estou aqui escutando. Sou a perfeita, aquela que nunca se mete em problemas, nunca chateia Abuela. Nem ninguém.

— O dia do nosso casamento! — choraminga Pepa. — Lembra, Felix, *mi amor*?

Felix abraça a esposa, sem nem notar o chuvisco. Ver os dois juntos me lembra das fotos do casamento deles. Pepa com um vestido branco lindo e uma mantilha de renda. Felix de terno e gravata, o cabelo rigidamente penteado para trás com brilhantina. Eram um casal perfeito.

Mamá me contou que a manhã do casamento estava linda – ensolarada, clara, sem uma nuvem no céu. Mas aí, disse ela, apareceu uma nuvem carregada. Bruno pegou a mão da irmã, apontou para o céu e comentou:

— Parece que vai chover.

Todos riram. Até que começou a garoar. Depois a chover. O vento aumentou; as palmeiras balançavam. Mamá disse que seu chapéu favorito – um que tinha penas de pavão – voou da cabeça dela e só foi achado duas semanas depois (sendo usado por uma capivara travessa). Logo depois, houve um furacão, um tornado. Pepa e Felix se casaram embaixo de um aguaceiro. O bolo ficou ensopado, o champanhe, aguado, e todos dançaram encharcados – meus tios não deixaram a visão de Bruno arruinar completamente a ocasião. Mas não foi o dia feliz que devia ter sido.

Depois disso, todos começaram a falar da visão dele. *Bruno diz que parece que vai chover e aí chove!* Para piorar, por um bom tempo, os habitantes da cidade não paravam de comentar sobre suas visões. Papá me contou que Bruno disse à *señora* Osma que o peixe dela ia morrer – e morreu! O pobre peixinho dourado apareceu flutuando de barriga para cima em um aquário. Mamá me contou que a *señora* Uriarte ouviu de Bruno que seu cabelo ficaria grisalho. E quem a vê na cidade consegue reconhecê-la facilmente pela espiral de cabelo branco empilhada no topo da cabeça. Pepa uma vez disse que Bruno falou para o entregador que vem com um burrico que ele ficaria barrigudo. Eu nem o conheci *sem* uma barriga redonda. Tudo que Bruno falava acontecia.

— Bruno sempre estava certo — falo, num impulso. Mirabel, Pepa e Felix se viram para me olhar.

— Não falamos do Bruno! — repete Pepa. E, aí, completa: — O que ele disse para você?

— Bom — começo com cuidado e então murmuro sobre como me foi prometido, um dia, ter a vida dos meus sonhos.

Mirabel levanta os olhos da bagunça em sua cama e os revira para mim. Eu não a culpo; afinal, era algo bom. Mas, com as visões de Bruno, nunca se sabe.

— Bem — diz Pepa —, Mariano está a caminho daqui.

— Ele também me disse — continuo — que meu poder ia aumentar. — Quando falo isso, lírios roxos e brancos salpicam ao meu redor, e suas pétalas flutuam até o chão como delicadas borboletas.

— Quanto a mim... — diz alguém. É Dolores, aparecendo do nada. Como sempre. Fico me perguntando quão longe ela estava quando nos ouviu falando do Bruno. — Ele me falou que o homem com quem eu sempre sonhei estaria fora do meu alcance.

— Como assim? — diz tia Pepa, que abraça

a filha. Tenho pena de Dolores. Ela tem idade para se casar, mas eu não sabia que o homem de seus sonhos estava comprometido. Dou-lhe o olhar mais triste e cheio de compaixão que consigo. Que bom que a visão dela não foi destinada a *mim*.

— Sinto muito por Bruno ter visto isso, *mi hija* — lamenta Pepa. Outra nuvem se forma acima da cabeça dela. Dolores funga.

— Alguém falou Bruno?

Todos ficamos de olhos arregalados quando o próprio Bruno entra no quarto – e de repente se transforma em Camilo.

— Camilo! — gritamos em uníssono.

— Esqueci os ratos — diz ele, um sorriso no rosto. — Claro, com ou sem ratos, ele era mesmo assustador.

Camilo se transforma de novo em nosso tio corcunda, o rosto pálido, olheiras. Desta vez, um rato cinza sobe pelo poncho com capuz. E aí, igualmente rápido, Camilo se transforma em Mariano. Um jovem moreno de olhos azuis, alto, bonito, além de responsável, confiável e definitivamente apaixonado por mim. É o que todos dizem.

— Aliás, Isabela — fala Camilo na voz de Mariano —, seu namorado está lá embaixo.

— Camilo! — falo, irritada, querendo voar nele, mas me segurando.

Meu primo volta a ser ele mesmo e gargalha enquanto sai correndo do quarto.

Penso em Mariano – o verdadeiro – esperando lá embaixo. Por que não sinto borboletas no estômago?

— Acho que é melhor eu ir...

Não completo a frase, porque ouço algo. Todos ficamos em silêncio, escutando. Não é preciso audição super-humana para saber o que significa o som de algo metálico chacoalhando.

— Aí vem o *Mariano, mi amor!* — Abuela se aproxima, sua corrente de chaves e penduricalhos retinindo. Passa um braço por minha cintura e aperta. Às vezes, Abuela parece distante e até um pouco cruel, mas, quando ela te abraça ou sorri para você, é como se o mundo ficasse maior. Você se sente segura e amada. Só quero deixar Abuela feliz para poder ser abraçada por ela muitas vezes.

— Você deve estar tão animada, Isabela. Sei que hoje é a grande noite. O pedido, *mi amor*.

Mirabel derruba algo no chão com um estrondo. Engatinha para baixo da cama para pegar o que quer que seja com que está brincando. Ela está velha demais para brinquedos. Olho ao redor do quarto infantil e triste. Mal consigo me lembrar dos meus poucos anos aqui. Ela tem tanta sorte de não ter que se responsabilizar por nada.

Abuela olha com cara de poucos amigos para minha irmã – bom, para as costas da minha irmã, já que ela continua se arrastando debaixo da cama.

— Você, mocinha, precisa se comportar hoje.

Mirabel fica de pé depressa. Seus olhos vagueiam pelo quarto. Seu olhar não parece o de alguém que pretende se comportar. Imagine se ela interromper o jantar com os Guzmán como fez com a festa de Antonio. Aí Mariano não vai fazer o pedido, e o que isso vai significar para a visão de Bruno? Eu tenho que viver a vida dos meus sonhos!

— *Sí*, Mirabel — digo, tentando manter a voz leve e clara. — Acho bom não ouvir um pio seu hoje à noite.

Capítulo 13 * Mirabel

MINHA TIA E MEU TIO, meus primos irritantes, minha irmã perfeita e minha avó exigente descem correndo para receber os Guzmán. No silêncio do quarto infantil, encaixo a última peça da visão de Bruno, a que tinha caído no chão. Fico olhando o quebra-cabeça, todos os cacos agora reunidos.

Não acredito no que estou vendo. Tiro os óculos. Esfrego os olhos. Abro-os. Pisco rápido várias vezes. Coloco os óculos de novo. Talvez eu precise de mais luz. Vou à janela e abro bem as persianas. O sol de fim de tarde entra, iluminando a imagem das pedras.

Sou eu. Eu e Casita. Na cena do quebra-cabeça de cacos verdes, vejo uma garota com cabelo selvagem, um sorriso largo e óculos grandes. Atrás dela, há uma casa cheia de rachaduras e definhando. Isso confirma. Sou parte da destruição não só da casa mas também da magia. Tiro os óculos de novo. A visão diante de mim parece um borrão.

— Quem está pronta para o jantar com...? — *Papá* entra no quarto e dou um pulo. Tento cobrir a visão com as mãos.

Meu pai parece muito preocupado. Meu rosto é como um livro aberto – não consigo esconder dele o motivo da minha chateação.

— Papá — digo. — Eu entrei na torre do Bruno. — Meu pai ofega. Apresso-me com minha história, falando o mais rápido que consigo. — E achei a última visão dele. Nossa família está correndo perigo. Luisa perdeu o dom. Ah, Papá, a casa vai ruir. — Fecho os olhos e vejo a visão de Bruno com tanta clareza quanto se fosse minha. — E acho que é tudo por minha causa!

Ele olha os cacos.

— Mira — diz. Desencaixa os pedaços e os enfia no bolso do paletó.

— O que você está...

— Não vamos falar nada hoje. — Meu pai dá um tapinha no bolso onde a visão está escondida como um segredo. Mais um segredo.

Eu amo meu pai, mas não tenho certeza se guardar segredos seja a coisa certa a se fazer agora.

— Mas...

— Abuela quer que a noite de hoje seja perfeita. Sua mãe quer que seja perfeita. Então, até os Guzmán irem embora, lembre-se disto: você não entrou no quarto de Bruno. A família *não* está em perigo. — *Papá* faz um gesto de limpar as mãos e me puxa pelos braços. Os cacos tilintam suavemente no bolso dele. Ele me agarra pelos dois ombros e olha nos meus olhos. — Só aja normalmente.

Agir normalmente? Como vou fazer isso? Ninguém nesta família age normal, *nunca*. Mas acho que ele tem razão. É preciso manter Abuela – e Isabela – feliz. Limpo os olhos com a ponta da blusa e a ajeito de novo. Agora, vejo meu pai claramente. Ele é tão alto que tenho que inclinar um pouco a cabeça para olhá-lo. Está com seu melhor terno e com a gravata meio torta. O bigode está bem aparado, e o cabelo, penteado para trás. Seus óculos têm uma mancha em uma das lentes – provavelmente um pouco de farinha de Mamá. Eu o amo tanto. Estico-me e lhe dou o abraço mais Mirabel de todos.

Por um momento, ficamos lá parados. Eu e meu pai, como duas pessoas comuns que não têm uma família esquisita, que não são particularmente especiais, mas que se amam mesmo assim.

— Jantar!

A voz firme de Abuela soa escada acima até meu quarto, auxiliada, sem dúvida, pela Casita. As tábuas da casa nos empurram para a porta com gentileza.

Levanto a mão e tento arrumar meu cabelo. Depois, empurro os óculos para cima. Endireito minha saia – não dá tempo de consertar esse bordado – e aliso a blusa. Amarro de novo meus sapatos. Estou pronta.

— Ninguém vai saber — garante meu pai.

Quando nos viramos para abrir a porta, vemos dois olhos piscando do outro lado do pátio. Dolores? *Papá* e eu trocamos olhares. De todos os membros da família, tinha que ser Dolores a estar por perto? Provavelmente – com a audição dela – ela escutou nossos segredos. O que vai acontecer agora?

Capítulo 14 * Luisa

A VELA MADRIGAL brilha no aparador da sala de jantar, projetando sombras esquisitas na parede e fazendo o lustre reluzir. A mesa – que mal consegui colocar no lugar – está posta com a melhor louça e prataria da família para cada um dos treze convidados: onze Madrigal e dois Guzmán.

À primeira vista, tudo parece bem maravilhoso. Mas, mesmo com a comida de Mamá, a linda sala de jantar da Casita e a determinação de Abuela, não tenho certeza se o jantar de hoje vai ser tão perfeito quanto Abuela quer.

Quando me jogo na cadeira vazia perto de Isabela, noto como Mirabel está quieta do outro lado da mesa. Sei que é para ela se comportar hoje, mas, pelo que vem acontecendo ultimamente, é melhor se preparar para tudo. Camilo veio como ele mesmo, o que é uma surpresa, e está sentado ao lado de Felix, conversando com Mariano do outro lado da mesa. Todos parecem gostar do futuro noivo de Isabela. Do lado oposto estão Dolores e a mãe dela. Mamá está enchendo tigelas de sopa com um caldo dourado que vai ser o primeiro prato. Meu pai está imerso em uma conversa com Felix, como sempre. Vejo que Abuela, na ponta da mesa, está mantendo Mirabel ao seu lado. Em frente, está *doña* Guzmán, que levanta sua taça.

— *Doña* Alma, estamos honrados de jantar com a família Madrigal — diz. Mesmo quando sorri, a avó de Mariano parece que acabou de comer goiaba azeda. — A reputação de vocês é impecável! Se bem que, no que diz respeito a Mariano…

Ela olha com adoração para o neto. Seu rosto se suaviza. Ela deve ser uma avó bem diferente da nossa. Ainda que saibamos que Abuela nos ama, ela parece ter dificuldade de demonstrar. Nunca recebemos muitos carinhos dela. Abuela sempre exige excelência de cada um de nós. Agora que minha força está… bom, não tão forte quanto deveria, espero ainda conseguir desempenhar as tarefas e deixá-la orgulhosa. Meus olhos se enchem de lágrimas quando penso em minha força. Tomara que ela volte logo.

— No que diz respeito a Mariano — repete a avó dele —, sempre acho melhor ver com meus próprios olhos.

Antonio aparece de debaixo da mesa e sorri. Junto com ele, estão três quatis que correm pelo cômodo.

Doña Guzmán parece meio assustada de ver animais à mesa. Mariano ri, mas para ao ver o olhar frio da avó. Talvez mantê-la feliz seja igualmente difícil.

— Sim, bem — diz Abuela, levantando sua própria taça —, a uma noite perfeita. — Seus olhos examinam a mesa, parando no rosto de cada familiar, como se desafiando alguém a não se comportar. Minha avó olha por muito mais tempo para Mirabel, mas minha irmã não está prestando atenção. Ela e Dolores estão se olhando fixamente, uma de cada lado da mesa. Isso não é bom. O que estão aprontando? Balanço a cabeça. Desde que ela fique quieta, acho que tudo bem. Foi só isso que Abuela pediu.

— A uma noite perfeita! — repete Abuela, sorrindo.

— *¡Salud!*

— *¡Salud!* — repetem todos os convidados.

As *abuelas* fazem outro brinde, mas trocam olhares duros. Talvez *doña* Guzmán não seja tão diferente de Abuela; as duas querem o melhor para a própria família.

— Todo o Encanto ficou tão aliviado de Antonio receber seu dom — comenta *doña* Guzmán. Olho para meu prato, tentando levantá-lo com um dedo como fazia antes, mas não funciona. Preciso da minha mão inteira e, mesmo assim, faço esforço. O que vou fazer? Tento não entrar em pânico.

— Ah, sim — diz Abuela com um sorriso que não chega aos olhos. Eita. — Todos, por favor, comam. *Buen provecho*.

A tensão diminui enquanto a comida começa a rodar pela mesa. Dolores passa as batatas e cochicha algo para Camilo. Seus olhos se arregalam quando o rosto dele se transforma no de *doña* Guzmán! Nada bom. Isso definitivamente não é bom. Eu sabia que tinha alguma coisa errada. As batatas – e os cochichos – continuam passando pela mesa quando Camilo se vira para olhar bem para mim!

— Água? — oferece Mariano.

Isabela, que não parece ter notado os sussurros, assente cheia de modéstia para o futuro noivo. Suas bochechas ficam coradas, da cor de seu vestido. Algumas pétalas de flores caem em sua sopa. Isso também não parece certo.

Felix e Camilo estão cochichando. Felix parece engasgar-se e tosse. Uma porção de comida meio mastigada voa pela mesa e cai no prato de *doña* Guzmán. Abuela vai ficar muito brava!

— É... — Ela limpa a garganta. — Casita, um novo prato para nossa convidada.

Mas a casa derruba o novo prato várias vezes antes de finalmente colocar um na frente da avó surpresa de Mariano. *Doña* Guzmán, porém, está em uma batalha de polidez com Abuela.

— É bom saber que a magia está mais forte do que nunca.

Eita de novo. Não consigo me segurar – abafo um soluço. Ela precisava usar essa palavra?

Forte? Eu não consigo nem levantar um rochedo insignificante!

— Sim, isso é bem, bem verdade — concorda Abuela. — Mirabel? O sal?

Mirabel se atrapalha com o saleiro.

— Claro, Abuela — diz com um sorriso estranho. — Só quero ajudar esta família.

Isabela olha para Mirabel com raiva.

Antes que Mirabel possa reagir, trovões rebentam acima da cabeça de minha tia Pepa.

— Pepa! — Abuela lhe dá um olhar sério. — A nuvem, amor.

Mas é tarde demais. Um pequeno furacão está se formando acima da mesa lindamente posta. Se eu ainda tivesse meu poder, ia mover toda a sala de jantar para algum lugar mais seco. Só que não posso fazer nada. Começo a chorar de novo. Entendo bem a nuvem de tempestade que Pepa criou.

— Céus limpos, céus limpos — tenta Pepa. Mas as nuvens permanecem. Agora,

Mamá se inclina na direção de Pepa como que para consolá-la. Mas aí Pepa cochicha algo e o rosto de Mamá empalidece. O foco de quase todos neste momento está dirigido ou para Mirabel, ou para mim. Tento controlar meus soluços.

E então, como se tentando provar ainda mais sua esquisitice, Mirabel coloca a cabeça embaixo da mesa.

— Mirabel — chama Mariano, com um sorriso provocativo no rosto. — Mais rachaduras?

Agora, a família toda está quieta; por isso, todos escutam a batida da cabeça de Mirabel ao sair de debaixo da mesa.

— Ou você só vê rachaduras quando quer nos tirar, sua irmã e eu, da pista de dança, como da última vez? — completa ele, com uma piscadela para mim.

— Sim! — responde minha irmãzinha, com uma risada nervosa.

A família arfa.

— Não, quero dizer, não. Eu só estava dizendo que, sim, é uma pergunta muito, hum, engraçada. — Mirabel se levanta. — E, bem, falando em perguntas, em *fazer* perguntas. Não tinha nada que você queria perguntar a Isabela?

Olho de relance para Isabela. O rosto dela está vermelho como a toalha da mesa. Mamá olha primeiro para Isabela, depois para Mirabel, em seguida para Mariano. A mão de *doña* Guzmán voa até o peito, em choque.

— Tipo — continua Mirabel — agora mesmo?

— Ah — diz o coitado — hum, eu, na verdade, ia...

— Você "na verdade ia". Que ótimo — fala Mirabel. O que deu nela? Mirabel se aproxima de Isabela, que parece que vai desmaiar ou dar um soco em alguém. Mirabel a vira para Mariano.

— Já que todos aqui têm um talento — diz *doña* Guzmán, sem entender bem o que está rolando... o que quer que seja —, meu Mariano queria começar a noite com uma canção. — Ela olha para cada pessoa na mesa, e então seu olhar cai em mim. — Luisa! Pode trazer o piano?

Meu coração paralisa. Imagino o piano pesado no pátio. Sinto lágrimas irritantes ardendo em meus olhos, ameaçando explodir. Só que eu as controlo. Quero ajudar, quero mesmo. Sempre gosto de ajudar. Mas não tem como eu conseguir levantar o piano agora! É a pior noite da minha vida!

— Luisa! — diz Isabela, olhando séria para mim. Como se eu estivesse enrolando. Quero dizer, eu estou enrolando, mas não pelo motivo que Isabela pode estar achando.

— Hummm… — digo, olhando freneticamente ao redor. Como vou sair dessa sem os Guzmán descobrirem que perdi meu dom?

— Na verdade — fala Mirabel —, é uma tradição familiar cantar *depois*.

Ah, nunca fui tão grata por minha irmãzinha na vida. Saio de fininho pelo corredor para o pátio. Aí, começo a empurrar o piano na direção da sala de jantar. Uau, é pesado mesmo. Não é à toa que todos ficam tão impressionados com minha força. É um trabalho duro. E, nossa, pernas de madeira no piso de azulejo fazem um som estridente horrível. O que normalmente não exigiria nenhum esforço parece levar anos. Todos me olham quando volto à sala de jantar, vermelha e sem fôlego.

Mariano parece entender isso como sua deixa. Ele pigarreia, dá uma risada e se vira para Isabela. Ela parece querer desaparecer no olho do furacão que a tia Pepa está criando em cima de nós. Então olha sério para Mirabel, como se tudo fosse culpa dela.

— Isabela — começa ele —, a mais graciosa dos Madrigal. A flor mais perfeita de todo este... — Ele pausa. Isabela tenta lhe dar um sorriso doce, mas vejo que está totalmente distraída por Mirabel, parada atrás dele, seu quase noivo, assentindo com a cabeça como uma orquídea descontrolada na brisa.

— A flor mais perfeita de todo este Encanto...

Um trovão explode na tempestade de Pepa. As coisas estão piorando.

Mirabel dança para lá e para cá atrás de Mariano, como se estivesse tentando ser um escudo humano para um alvo em movimento. Está deixando todo mundo zonzo. Aí, vejo o que ela está escondendo. Ah, céus. Isso não é nada bom.

Rachaduras! Rachaduras na Casa!

— Isabela, você quer se...

Tudo parece acontecer em câmera lenta. O rosto de Isabela vai de angelical a horrorizado quando ela também vê as rachaduras. Bem acima da cabeça de Mariano: rachaduras. As paredes da sala de jantar estão atravessadas de rachaduras. Ah, céus! Elas sobem pelas paredes e invadem o teto. O lustre balança. Rachaduras vão na direção da porta, da mesa onde a vela

Madrigal queima. Todas as rachaduras estão vindo de onde Mirabel está.

— O que está acontecendo? — grita *doña* Guzmán.

A sala toda congela, até as rachaduras. Ficamos nos olhando. Sabemos quanto Abuela queria que a noite fosse perfeita. E isto – bom, isto não é perfeito.

— Mirabel achou a visão de Bruno e está nela. Ela vai destruir a magia e agora estamos todos condenados! — Camilo deixa escapar em um só fôlego.

Mariano olha para sua avó, agora completamente distraído de Isabela. Abuela está observando as rachaduras com um olho e mantendo o outro em Mirabel. *Papá* está pálido e agarra a mão da minha mãe. Desta vez, Felix não está rindo. Dolores parece ter acabado de comer uma manga envenenada. Antonio está tentando controlar seus animais, mas os quatis não param de subir em tudo. Um pula em mim e escala até *papá*. Outro coloca as patinhas no bolso do paletó de *papá* e puxa algo de lá. Cacos verdes tilintam enquanto os quatis os montam na mesa. Que animais impressionantes.

É a visão de Bruno. E tem o rosto de Mirabel. A família toda dá um solavanco de surpresa. A Casa também – mas não de surpresa. As rachaduras contornaram toda a sala e de repente há um *BUM*! Saio do caminho num pulo pouco antes de o piano tombar com um estrondo. Pessoas caem das cadeiras, quatis voam pelos ares e, como *grand finale*, a nuvem de tempestade de Pepa se abre.

O rosto de Isabela vai de pálido de choque a vermelho de raiva quando ela fica encharcada por causa da chuva gelada. Seu vestido está ensopado, e o cabelo pinga no rosto. Acho que nunca a vi ter um dia de cabelo ruim, mas, hoje, definitivamente é um. As flores que eram tão perfeitas deslizam para seu colo. Surpresa, ela levanta as mãos, e flores azuis e videiras batem em Mariano.

— Meu nariz! — Ele agarra o rosto. — Você quebrou meu nariz!

Há um baque, e todos os olhos se desviam do nariz de Mariano para o aparador, onde a vela tomba, pingando cera como uma casquinha de sorvete. A vela, que em geral está sempre tão altiva e ereta, com um brilho quente e dourado, agora está amassada como uma banana estragada. Então, todos nos viramos para seguir o olhar fixo de Abuela.

Está em Mirabel, que está ali parada, paralisada.

— Abuela… — Nossa avó levanta a mão, mas Mirabel continua. Ou tenta. — Eu ia contar… Eu queria ajudar você…

O único som na sala é o de Mariano gemendo de dor.

Doña Guzmán empurra a cadeira para trás.

— Vamos, Mariano! — diz ela.

Isabela não se mexe enquanto seu quase noivo e a avó dele saem de fininho da sala de jantar.

— Esperem! — grita Abuela. — Por favor. *Señora*, por favor.

Doña Guzmán pausa. Depois se vira. Ah, não gosto nada do olhar dela.

— Esta família é um desastre! — diz ela e se vira de novo, indo para a porta da frente enquanto aparecem ainda mais rachaduras.

— Abuela, por favor — fala Mirabel. Se eu fosse ela, ficaria quieta agora.

— Você — grunhe Abuela, apontando para a neta —, fique bem aí. Sem mais uma palavra. Vá para o seu quarto!

Como ela pode ficar aí, ou aqui, *e* ir para o quarto? Eu ficaria muito confusa se fosse ela. Mas Mirabel não parece reparar.

— Não é culpa minha! — berra.

Escutamos um guincho, e todos saem correndo da sala de jantar. Chego bem a tempo de ver *doña* Guzmán frente a frente com duas antas. Cadê Antonio? Ela dá um gritinho e puxa com força a porta da frente da Casa.

— Felicidades! — grita a multidão esperando lá fora enquanto a banda começa a tocar. Os sorrisos e a música festiva desaparecem aos poucos quando eles veem nosso rosto. Toda a família Madrigal está olhando para os habitantes da cidade. Eles claramente estão esperando uma festa. Acho que a notícia do pedido se espalhou rápido. Quão rápido será que essa *nova* notícia vai se espalhar?

— Eu te odeio! — grita Isabela para Mirabel antes de subir correndo para seu quarto. Isso é horrível demais. Não consigo segurar e caio em prantos. O que vai acontecer com a gente?

— Luisa... — diz Papá, mas continuo chorando.

Crrrack! Todos se viram e olham para Mirabel enquanto mais rachaduras percorrem a casa. Se ainda tivesse minha força, eu seguraria as paredes. Estendo a mão, embora saiba que não vai ajudar. Alguns hábitos são difíceis de largar.

— Você devia ter falado comigo — grita Mamá para Mirabel.

— Eu não estou fazendo isto! — devolve Mirabel. — Não estou fazendo nada! Não sou eu, é o Bruno!

— Bruno não está aqui — explode Abuela.

Alguns arquejos escapam da multidão. Os habitantes da cidade parecem querer deixar a família com seus problemas, mas também querem ficar, porque é um belo show.

— Eu sei que não — diz Mirabel. Ela parece distraída. Sigo o olhar dela. Vejo um brilho verde e percebo que é um pedaço da visão. A visão sobre ela e a destruição da casa. E está sendo carregado por algo… ou alguém.

Ratos.

Não só um. Dezenas de ratos saem das rachaduras e debandam pelo corredor. Olho para ver se mais alguém nota os ratos se escondendo atrás de vasos de plantas, subindo em cadeiras, correndo para baixo de tapetes. Os olhos de

Mirabel, atrás dos óculos, ficam ainda maiores que o normal. Ela para de protestar e começa a correr atrás deles.

Abuela parece não conseguir decidir com qual desastre lidar primeiro. Olha dos animais vagantes para os familiares chorando e para os habitantes da cidade. Vejo-a vacilar só por um momento, como quando estou prestes a levantar algo bem pesado, tipo uma igreja. Sempre paro, respiro fundo, lembro-me de que consigo fazer aquilo e faço. Abuela parece estar usando o mesmo truque. Ela se endireita e segura a grande porta de entrada.

— Estamos bem — diz, com sua voz intensa e reconfortante. — A magia é forte. — continua, e depois fecha a porta com firmeza. — Somos os Madrigal.

Isabela queria que a noite de seu pedido de casamento fosse memorável. Bom, não vamos esquecer esta noite desastrosa tão cedo.

Capítulo 15 * Mirabel

RATOS! Eu devia saber. Pensando nos ratos que vi no quarto de Bruno, tenho certeza de que eles devem ter algo a ver com meu tio. Especialmente se estão carregando os cacos da visão! Preciso descobrir aonde os ratos estão indo. Preciso provar à minha família que eu não fiz nada de errado. Ou, pelo menos, acho que não. Tenho que descobrir o que Bruno tem a ver com as rachaduras, a vela derrubada, a noite desastrosa. Não pode ser tudo culpa minha.

— *Lo siento* — sussurro, mais para mim mesma. — Sinto muito, Abuela.

Disparo atrás da fileira de ratos correndo com suas patinhas escada acima e em direção à sacada, cacos verdes brilhantes nos dentes. A tempestade de Pepa se expandiu da sala de jantar para a casa toda. Trovões sacodem a estrutura. Raios estouram. E, nesse facho de luz, vejo um rato desaparecendo embaixo de um quadro grande pelo qual passei um milhão de vezes sem olhar direito.

Puxo a moldura pesada, revelando uma parede empoeirada – e uma abertura. É uma passagem secreta! Olho por cima do ombro para ver se Abuela ou Isabela está atrás de mim. Não tem ninguém por perto. Pelo menos, nenhum humano. Outro rato corre pela abertura. Desta vez eu o sigo.

Meus olhos piscam na escuridão. Devagar, eles se ajustam. A passagem estreita vai para a esquerda e a direita. Pontos de luz entram a vários intervalos, e percebo que são furos de pregos e pontos de iluminação. Estou atrás das paredes da Casita. Na verdade, meio que estou *dentro* das paredes.

Começo a caminhar, e os pontos de luz aumentam. Agora, ela vem não só dos furos de pregos; está vindo das rachaduras. Quanto mais longe vou, seguindo os ratos, mais luz e mais rachaduras vejo. Mesmo na quase escuridão, consigo enxergar os pequenos roedores com os cacos da visão, o brilho verde iluminando o caminho deles e o meu.

E se as rachaduras *forem* culpa minha? Penso no rosto arrasado de Isabela, na expressão de horror de Abuela. Se sou parte da visão de

Bruno, quer dizer que estou causando a destruição? Paro de andar. Talvez, se eu ficar bem quieta, a casa pare de ruir.

Fico parada pelo que parece um século, sem mexer um músculo. Os únicos sons são os ratos correndo, a tempestade de Pepa caindo e minha própria respiração pesada. Imóvel ali como uma estátua, meus olhos seguem o rastro do brilho verde. Esse brilho se move pelo ar. Os ratos podem voar?

E aí: um raio.

Lá, à minha frente, iluminada por um momento, há uma pessoa. O corpo alto está encurvado embaixo de um poncho de lã. As mãos ossudas seguram o tecido, como se prontas para me atacar. No próximo raio, os olhos dele encontram os meus. São escuros, quase negros, e vazios. Seu rosto é pálido e sua boca, uma linha fina. Sinto minha espinha gelar. Eu me forço a não fechar os olhos. Preciso descobrir mais. Ele segura o rato na mão e pega o caco. E então desaparece.

Bruno! Meu tio é a chave para resolver o mistério da visão. Ele não parece a fim de companhia (nem eu estou a fim de ficar perto dele), mas tenho muitas perguntas a fazer. *Por que sou parte da visão? O que aconteceu com ele? Por que a casa está se desfazendo? Qual é a dos ratos?*

— Espera! — eu grito.

Ele paralisa por uma fração de segundo, mas logo sai correndo.

Começo a correr atrás dele.

A passagem entre as paredes é estreita e irregular. Tento não tropeçar para não perder meu tio de vista. O único som é a batida dos nossos pés. Na luz fraca, vejo-o de vez em quando, mas ele acaba desaparecendo de novo. Em uma sombra, virando uma esquina, por uma rachadura. Velhas treliças cruzam as paredes e, aqui e ali, há tábuas do piso quebradas. Quando eu o perco, só continuo em frente. A passagem parece levar a só uma direção, então não preciso ver para saber que estou indo para o lugar certo.

Escuto a batida dos pés dele nas tábuas. De vez em quando, tropeço em uma ou outra rachadura no chão, mas me coloco de pé de novo.

— Para! — chamo. — Bruno! — As paredes ecoam: — *Bru... Bru... Bru... no... no... no...*

Ele não para.

Desvios e curvas no caminho me atrapalham. Tropeço. Caio mais de uma vez. Bato numa parede ao fazer uma curva muito fechada. Ai, doeu. Uma nuvem de poeira de gesso me faz espirrar. Mas me levanto e vou em frente, continuo seguindo Bruno, o único que pode ser capaz de desvendar esse mistério.

E aí, bem à frente, eu o vejo em outro clarão de raio. Ele salta em um abismo de escuridão. Tenho medo de meu tio escapar. Junto com todas as respostas.

Deslizo até parar na frente do abismo. Olho o vazio lá embaixo. Será que consigo chegar ao outro lado? Bruno conseguiu, mas ele é alto e provavelmente está bem acostumado a saltar por esses abismos. Eu sou uma menina. Essa não é minha especialidade. Escuto os passos de Bruno ficando mais fracos. Se quero alcançá-lo, tenho que tentar. Respiro fundo, tomando coragem pensando em minha família e minha Casita. E, assim, salto...

— Não!

Estou caindo.

— Socorro! *¡Ayúdame, Casita!* — Alcanço uma superfície rígida e gelada. Mas não consigo segurar com firmeza suficiente. Embaixo de mim, está o abismo escuro. Meus pés estão pendurados. Concentro minha força nos meus dedos. Eu vou conseguir. Será? Queria ser forte como Luisa. Meus dedos escorregam. — Socorro!

Minha mente está acelerada. Sempre tento fazer a coisa certa, mas, por algum motivo, sempre me engano. Só queria alcançar Bruno para descobrir qual era sua visão. Mas parece que nunca vou saber. Isabela tem razão: eu estrago tudo *mesmo*. Agora, o que vai acontecer com a casa? A família? O que *mamá* e *papá* vão dizer quando perceberem que sumi de vez?

Num minuto, estou me debatendo no ar; no outro, sinto uma mão forte na minha. Estou sendo agarrada por um salvador invisível. O braço que me puxa é magrelo e flexível, mas forte o suficiente para me segurar. Acho que vou chorar de alívio. Ainda não acabou!

Levanto os olhos para ver quem me resgatou. Na luz que entra pelas rachaduras, vejo uma figura tímida e ossuda. Está nadando dentro de um poncho enorme, três tamanhos maior do que ele. Está com a barba por fazer e desgrenhado. É Bruno! Abro a boca para gritar. Aí, analiso o rosto dele. Parece assustado – petrificado –, talvez até mais do que eu. Seus olhos não são cheios de loucura – são cheios de tristeza. Seu rosto está franzido, povoado por rugas de preocupação, como se ele estivesse triste há muitos, muitos anos.

Ele continua me puxando, mas minha mão está escorregando.

— Você está muito... argh!... suada — diz.

É verdade que minhas palmas suam quando estou preocupada. Isabela vive me dizendo para não encostar nas coisas dela porque minhas mãos são pegajosas demais. E definitivamente estou ansiosa agora. O que é compreensível para quem quase caiu num abismo. Sinto uma risada de nervoso surgindo. Mas aí as tábuas em que ele está parado cedem. Meu tio me joga para um lugar seguro, mas se desequilibra. Observo horrorizada quando outro clarão de raio revela meu *tío* Bruno caindo para a morte, no abismo de escuridão.

Eu me preparo para ouvir um grito aterrorizado por socorro.

Mas só escuto um baque.

— Ui — diz ele com uma voz áspera não muito distante. — Puxa.

Espio pela beira do abismo. Não é abismo coisa nenhuma. Só um buraco no chão. Um buraco grande, mas, ainda assim, só um buraco. Bruno está espanando a roupa com as mãos.

— Puxa — repete. Ele me olha. Olha para baixo. Puxa o capuz por cima da cabeça. Olha para outro lado. — Tchau.

E sai andando.

No início, fico chocada demais para me mexer. Então, grito:

— Como assim? Espera!

De novo, não. Ah, minha nossa.

É hora de perseguir meu tio. *Outra vez*.

Eu o sigo pelos fundos da casa, seu interior, passando pelos quartos e atrás das escadas. Pergunto-me o que Casita acha de toda essa andança sem rumo. Bruno segue, desajeitado. Consigo saber onde estamos na casa pelos sons e cheiros do outro lado das paredes. Escuto Luisa soluçando. Escuto os guinchos das capivaras no quarto de Antonio. Escuto o ruído de louças na sala de jantar. Continuo correndo. Estou chegando mais perto, porque Bruno vai desviando das rachaduras no chão. Toda vez que passa por uma viga de madeira, ele dá uma batidinha – quase como se fosse supersticioso. Percebo que meu tio não está tentando fugir de mim de verdade. Está indo para algum lugar. *Mas para onde?*

— Por que eu estava na sua visão, tio? — pergunto, tentando seguir o mesmo ritmo da caminhada rápida dele, com suas paradas e recomeços. — O que quer dizer? Foi por isso que você voltou?

Ele para de novo, e quase colidimos um com o outro.

— *Uno, dos, tres,* quatro — diz ele, batendo na parede. — Cinco, seis.

— Hã? Bruno?

— Não era para você ter visto aquilo. Não era para ninguém... um pouco de sal. — Ele dá uns passos e joga sal por cima do ombro antes de enfiar um saleiro de volta no bolso.

Espirro.

— Como assim?

— Agora, três assovios — diz ele, juntando os lábios. Aí, dá uma voltinha. Preciso dizer: ele parece bem *loco*. — Pronto, melhor — fala, e segue andando.

Enquanto vamos mais fundo – ou seria mais alto – ou os dois? – na casa, noto que as rachaduras deste lado da parede foram consertadas. Bom, mais ou menos. Não é um trabalho tão bem-feito.

— Você andou remendando as rachaduras? — pergunto.

Ele pausa e olha o material seco que cobre as paredes como se nunca tivesse visto aquilo antes.

— Ah, não — responde. — Tenho medo demais de chegar perto dessas rachaduras. Todos os remendos são feitos por Hernando.

Tem *mais* gente morando nas paredes? Que diabos está acontecendo?

— Quem é Hernando?

Bruno coloca o capuz do poncho.

— Eu sou Hernando — diz ele, em voz grave. — Não tenho medo de nada.

Eu o olho. Meu tio não está *nada* bem. Este é o cara que devia me salvar, salvar a casa e a magia? Estou começando a achar que talvez não seja o melhor plano. Mas terá que servir. Afinal, não tenho outro.

Em seguida, sorri brevemente e puxa o capuz.

— Na verdade, sou eu. — Logo completa com uma voz estridente: — Eu sou o Jorge. Eu faço a massa corrida.

— Ah. — Fico olhando meu tio. É por isso que ninguém fala do Bruno? — Então, hum, há quanto tempo você voltou?

Em vez de responder, porém, Bruno continua andando. Enquanto o sigo, percebo que ele está vivendo nestes túneis há muito tempo. Então, ele dobra outra esquina e tem uma porta. Não uma porta brilhante, mágica. Só uma porta comum. Uma porta simples, velha, com aspecto antigo e dobradiças tortas. Ela se abre com um rangido. Entro atrás dele. É o quarto de Bruno. Um quarto de verdade, em que alguém vive. Pequeno, escuro. Faz meu quarto de criança parecer um luxo. Há provas de uma longa vivência ali, vivida de um jeito esquisito, em cada canto. Cobertores e abajures quebrados, xícaras de chá lascadas e suéteres comidos por traças, parafusos soltos e molas de piano.

Um pensamento me ocorre. Sempre imaginei Bruno vivendo em algum lugar bem distante, sem querer nenhum lembrete da família que ele deixou para trás de forma tão misteriosa. Mas, pelo que estou vendo, este é o quarto de alguém que queria estar com a família.

— Você nunca foi embora, né?

Penso em meu próprio quarto, decorado com meus pequenos tesouros e desenhos. Personalizado para parecer mais meu. Será que sou tão louca quanto meu *tío*?

— Bom — diz Bruno —, eu fui embora da minha torre, que tinha, sabe, muitas escadas.

Uhum, penso. *Por causa das escadas*. Claro.

— E, aqui, fico perto da cozinha. — Ele sorri. Escuto o barulho de panelas e o cheiro da comida de Mamá do outro lado da parede. Vejo-o ir da mesa até o canto. — Além do mais, tenho entretenimento grátis!

Sigo o olhar dele até um teatro de marionetes de papelão. Só que, claramente, não é para marionetes. Está escrito TEATRO DE RATOS em tinta fresca.

— De que tipo de entretenimento você gosta? — pergunta ele. — Esportes? Suspenses? Telenovelas? — Bruno pega dois de seus ratos e coloca-os no palco improvisado. — Veja, o amor deles é proibido.

Olho os ratos, o teatro, Bruno.

— Não entendo — falo, por fim. Por que Bruno está vivendo dentro das paredes? Por que ele está se escondendo da família Madrigal? Tem algo a ver com a Casa ruindo?

— Bom, porque ela é tia dele e tem amnésia. Então não lembra que é tia dele. Entende o que eu quis dizer? É um tipo muito proibido de...

Afasto Bruno de seu teatro de ratos.

— Não, não entendo por que você foi embora. — Penso na torre dele, com vista para a Casa. E penso neste espaço atrás das paredes, ainda com vista para a Casa. — Mas não foi embora.

Ele abaixa os olhos como um garotinho encrencado na escola.

— Sabe, é que as montanhas em torno do Encanto são bem altas. — Ele muda o peso do corpo de um pé para o outro. — E, como eu disse, tenho comida de graça e outras coisas mais. — Ele pega um prato da mesa. Nela, há desenhos para fazer parecer que ele está sentado com a família. Tem um esboço de louças postas para Abuela e Mamá e Pepa. Outros para mim, minhas irmãs e minhas primas. E para ele. Meu tio só está tentando não se sentir tão sozinho com essa mesa de jantar de mentirinha. Meu coração estremece de compaixão. Sei como é se sentir solitário.

— Meu dom, hum, não estava ajudando a família — explica ele, com tristeza. — Mas eu amo minha família, *¿sabes?* Só não sei como, hum, entende…

Ele me olha e, por um momento, vejo seus olhos com clareza. Ele ama a família, igual a mim. E, assim como eu, percebo, ele não estava ajudando.

— Enfim, acho que você devia ir embora, porque… bom, não sei mais o que dizer. — Ele se joga em uma cadeira. — E estou ficando bem desconfortável, então acho que você devia ir.

Coloco a mão em seu braço para tentar acalmá-lo. É o que eu fazia por Antonio quando ele tinha pesadelos em nosso quarto. Eu me sentava na ponta da cama dele, no escuro, e descansava a mão em seu corpinho. Às vezes, a gente só precisa sentir que tem alguém por perto.

— Por que eu estava na sua visão? — pergunto, suavemente. — O que quer dizer? — Bruno não responde. Respiro fundo. — Minha vida toda, só quis deixar a família orgulhosa de mim. Mas, se eu estiver prejudicando a nossa família, só preciso saber. Por favor, só me diga.

Bruno fica em silêncio. Eu o sinto relaxando sob minha mão, como Antonio relaxava.

Espero. Ele vai me contar quando estiver pronto. Um pouco de paciência pode ajudar muito.

— Não posso te contar.

Que ótimo. Suspiro. Isto não está indo bem.

— Porque eu não sei.

Levanto os olhos em sua direção. Ele brinca com os cacos, muda-os de posição. Os pedaços tilintam baixinho quando batem um no outro.

Bruno mexe neles até montar a visão. A imagem que vi no meu quarto.

— Eu tive essa visão na noite que você não recebeu seu dom — começa ele. — Abuela achava que eu nunca via nada de bom, mas estava preocupada com a magia e me implorou para olhar o futuro e ver o que significava. Então olhei.

Bruno se mexe, desconfortável. Sei como é difícil não fazer o que Abuela pede, mesmo que você saiba que não é uma boa ideia.

— Vi nossa casa correndo perigo. Ruindo. A magia ameaçada. E, aí, vi você. Mas a visão era diferente; as coisas que eu via mudavam. Não tinha uma resposta. Um destino. — A testa de Bruno se enruga. — Mas eu sabia o que todos iam achar quando eu contasse o que tinha visto. — Meu tio me olha, suplicando. — Eu sabia o que eles iam achar porque eu sou o Bruno, e as pessoas sempre supõem o pior de mim.

Fico olhando para ele. Penso em como todos supõem que vou estragar tudo o que faço.

Vejo Isabela me observando, só esperando que eu limpe o nariz na manga da roupa ou fique com a saia toda amarrotada. Sei que Mamá está sempre pronta para me curar com uma *arepa* porque espera que eu rale o joelho ou corte a mão. Sei que Abuela fica de olho em mim, pois ela sabe que, sem um dom, não posso deixar a família orgulhosa igual aos outros.

— Então, é, eu destruí a visão. Não sei como as coisas vão acabar. Mas sabe qual é meu chute? O que quer que esteja acontecendo, as rachaduras, a magia, o destino da nossa família toda, vai depender de você.

— De mim?

O destino da família depende de mim? Meu tio e eu – os dois membros da família Madrigal esquecidos e incompreendidos – não nos mexemos. Minha cabeça gira e fecho os olhos. Sou a única Madrigal sem dom, sem magia. Sou a única pessoa da família que não se encaixa direito. Como o destino dos Madrigal pode depender de mim? Abuela é a chefe da família, então ela devia conseguir resolver isto. Ou Mamá, com seu poder de cura. Ou talvez Luisa pudesse resolver tudo com sua força. Isabela poderia acalmar as rachaduras com flores, ou Dolores talvez escutasse a Casa dizendo o que há de errado. Até o brincalhão do Camilo seria melhor em determinar o destino da família do que eu jamais poderia ser.

Escuto os barulhos que a Casa faz, os sons que devem ser tão familiares a Bruno: rangidos e gemidos, tremores e rugidos. É difícil acreditar que esta bagunça interna faz parte da minha linda e amada Casita.

— Mas — continua Bruno, quebrando o silêncio entre nós — você desenterrou a visão e mostrou à família. Então, vai saber?! De repente você vai mesmo acabar com toda essa confusão.

Se eu estivesse no meu quarto, ia me esconder embaixo das cobertas e nunca mais me levantar. Bruno pega uma xícara de café de uma mesa e leva aos lábios, distraído. Então para, tira um rato desgrenhado lá de dentro e dá um gole. Eca.

— Ou não vai. É um mistério — segue ele, a voz um pouco sem fôlego e tresloucada. — Quero dizer, essas são minhas visões. Olha, se eu pudesse ajudar mais, eu ajudaria. Mas, hum, foi isso que eu vi. Agora depende de você.

E, com isso, meu tio abre a porta de seu quartinho e me conduz para fora com falsa gentileza, como se fosse um cavalheiro em vez de um tio esquisito morando dentro das paredes.

Capítulo 16 * Mirabel

PARADA NA LUZ FRACA ainda atrás das paredes, escuto uma voz. Parece estar a alguns centímetros de distância.

— Era para ser perfeito!

Talvez seja Isabela.

A dona da voz continua:

— Eu a odeio!

Uhum, com certeza é minha irmã mais velha.

— *Oye* — escuto *mamá* dizer —, o dom de Luisa se foi completamente!

Mudo a posição dos meus pés. A areia no chão entre as paredes raspa embaixo de meus sapatos.

— Como sabemos que o Encanto ainda está seguro? — É a voz ansiosa de meu tio Felix. Ele nunca se preocupa com nada.

— Ela vai fazer eu perder *a minha* magia?

A voz de Camilo não tem nenhum toque de humor. É difícil imaginar meu primo sério.

— Tudo — diz alguém com uma voz firme. — Tudo o que construímos está ameaçado! — É minha avó. Sua voz soa como se ela estivesse ao meu lado. Eu a imagino, a centímetros de distância, do outro lado da parede. Dentro de casa. — Abram os olhos — continua ela. — Mirabel estava naquela visão por um motivo.

As vozes de todos os meus familiares se chocam e martelam em minha cabeça. *Seguro? Se foi completamente! Eu a odeio! Por um motivo...*

Um brilho verde vaza por debaixo da porta de Bruno. Eu o imagino escondido lá dentro, longe da família, sozinho com seus ratos, sem poder ajudar. Isto não é jeito de viver: escondido dentro das paredes, aqui, mas não aqui. Bato na porta dele e abro. Tenho uma ideia.

— E se você tiver outra visão? — digo.

Bruno parece aterrorizado. Não quis assustá-lo.

— Como assim? — Ele se encolhe dentro de seu poncho. — Ah, não — diz. — Não, não, não, não. — Então levanta as mãos e sacode a cabeça vigorosamente. — Não mexo mais com visões. Não.

— Mas você podia... — Dou um passo na direção dele, que cambaleia para trás. — Você não pode me dizer que o peso do mundo está nos meus ombros e... *fim*. Se o destino de nossa família depende de mim — digo —, então "mim" está mandando você ter outra visão. Talvez ela me mostre o que fazer.

— É uma má ideia.

— É uma ótima ideia. — Coloco um sorriso alegre no rosto.

— Olha, mesmo que eu quisesse, coisa que não quero, você destruiu minha caverna das visões. — Meus olhos se afastam dos dele. Ops. — É, estou sabendo do que aconteceu.

Imagino a caverna enorme de Bruno, os degraus, a escultura esquisita, a avalanche de areia. Eu não achei que alguém fosse sentir falta daquele lugar. Mas me sinto mal por tê-lo destruído.

— E isso é um problema, porque preciso de um espaço aberto e amplo.

— Vamos dar um jeito. — Pego a mão dele e puxo-o na direção da porta. — Vem. Os dois esquisitões da família juntos? É o destino.

Bruno pigarreia.

— Ainda preciso de um espaço aberto e amplo.

Crrrr!

Bruno e eu damos um pulo ao ver o tucano de Antonio. De onde essa coisa veio? Nós nos viramos e, de repente, há algumas antas, várias capivaras se arrastando e uma onça. Ah, e Antonio.

Antonio!

— Eles me contaram tudo — diz meu *primito*. Como se isso explicasse o que ele está fazendo aqui com todos os seus amigos animais. Eles farejam e andam pelo quarto, escavando pilhas de roupa suja e enfiando o nariz em jarros quebrados. Os animais fazem o quarto de Bruno parecer ainda menor e mais triste.

Bruno fica olhando para a onça, que parece faminta e está de olho nos ratos.

Antonio baixa os olhos para sua onça.

— Não é para comer esses aí.

Estendo a mão e bagunço o cabelo de Antonio. Estou tão feliz por ele estar aqui. Quem teria adivinhado que esse dom – se comunicar com animais – podia ser tão útil? Então eu me viro para Bruno.

— Nossa família está ameaçada. Nós podemos ajudar.

Ele evita meus olhos.

Espero até meu tio olhar para mim.

— Você merece voltar para casa.

Bruno está parado no meio do quarto de floresta tropical de Antonio parecendo meio desconfortável. Não dá para saber o que ele acha da selva. Uma multidão de quatis se reúne para ver o que está prestes a acontecer. Uma capivara fareja o chão e olha cheia de expectativa para Bruno. O tucano crocita algumas vezes, mas para quando Antonio pede para ele ficar em silêncio.

— Precisamos correr — falo enquanto o quarto treme, lembrando-nos do quanto a Casa corre perigo.

— Não dá para apressar o futuro — responde Bruno. — Tudo tem que estar perfeito.

Aff! Ele fala igual à Abuela. Por que tudo sempre tem que estar perfeito?

— Hum... — diz Bruno, olhando Antonio, cuja nova amiga, a onça com manchas pretas profundas, senta-se ao lado do meu tio, lambendo os lábios. — Essa coisa vai me comer?

Antonio e a onça se olham. A onça bufa. Antonio se volta a Bruno e dá de ombros.

— Hoje não. — Mas a forma como ele fala faz parecer que a questão vai estar aberta para discussão amanhã.

Bruno faz o sinal da cruz. Ele é mesmo supersticioso.

— Os ratos me contaram que você não lava suas cuecas.

— Antonio! — grito. — Que coisa feia!

— É verdade — diz Antonio, com uma risadinha.

O rosto de Bruno vai de pálido a vermelho de vergonha.

— Você tem um dom maravilhoso, Antonio — diz, engolindo em seco. O chão treme de novo, e os quatis olham assustados.

Bruno sacode o corpo como um boxeador se preparando para uma luta. Pega um punhado de areia e começa a fazer um grande círculo. Algumas antas resolvem parar bem na beira do círculo, suas patas a centímetros da linha de areia. Uma das capivaras de Antonio perambula sem qualquer preocupação e se senta bem no caminho do círculo. Bruno desvia a linha. Araras grasnam acima de nós. Bruno me olha.

— E se eu não conseguir?

Estendo a mão, mas não o toco.

— Você consegue, *tío*.

— E se a visão mostrar uma coisa pior? — pergunta ele, baixando os olhos para a areia. — Se eu vir algo ruim, vai acontecer. Não vai?

— Eu não acho que você faz coisas ruins acontecerem — eu o tranquilizo. Se ele ficar nervoso de novo, nunca vai me mostrar a visão.

— Eu acho que a maioria das pessoas só conseguem ver as coisas de certa maneira.

Antonio assente com a cabeça, concordando. Ele está parado ao lado de Bruno, segurando a oncinha de pelúcia que fiz para ele. Meu coração fica apertado. Estou tão feliz em ver que, apesar de agora ter amigos animais de verdade, Antonio ainda ama o bichinho de mentira que lhe dei.

— Aqui — sussurra Antonio. — Para dar sorte. E acalmar. — Ele estende o bicho de pelúcia para Bruno. — Mas, hum, eu vou precisar dele de volta, tá?

Bruno olha para o bicho de pelúcia, para Antonio e, depois, para mim.

— Você consegue — sussurro.

De dentro de seu poncho, Bruno tira uma caixa, um estojo dourado com cara de antigo.

O objeto é decorado com símbolos e desenhos. Ele abre o estojo com um estalo e tira um fósforo. Ao acendê-lo, a selva de Antonio brilha. Bruno, então, põe fogo em algumas folhas úmidas em quatro pontos diferentes ao redor do círculo. Elas começam a soltar fumaça.

— Eu consigo. Eu consigo. Eu consigo — repete ele.

Esse mantra não está me passando muita confiança. Ver o futuro não é o seu dom? Ele devia fazer isso até de olhos fechados, não?

Bruno começa a contar sem parar.

— *Uno, dos, tres,* quatro, cinco, seis. *Uno, dos, tres*... — A fumaça suja começa a fazer círculos no ar. Ela faz espirais em torno do círculo. Dá voltas e voltas. — *Uno, dos, tres,* quatro, cinco, seis — repete ele.

A magia enche o quarto de Antonio. Rodopia ao nosso redor. As cachoeiras respingam, e as folhas nas palmeiras balançam. A brisa que circula sopra meu cabelo no rosto. A luz brilhante reluz como milhares de *luciérnagas* batendo asas. O círculo em torno de Bruno fica mais brilhante. Não sei bem se devo ficar com medo ou maravilhada.

— É bom você se segurar. — Bruno segura minha mão e aperta bem forte. Agora, não estou com medo nenhum. *Mesmo.*

Logo, a visão de Bruno aparece ao nosso redor. Vejo o que ele está vendo – cores, luzes, formas. O vento ruge em meus ouvidos. Lá estão a Casa e as rachaduras. Lá está Abuela. A Casa de novo. As rachaduras. Vejo a mim mesma no meio do epicentro de tudo.

— Não consigo! — grita Bruno, como se estivesse com dor, soltando minha mão. Ele se afasta, parecendo querer se esconder dentro do poncho. — Preciso parar!

— Não! — berro, voltando a dar a mão para ele. Não podemos parar agora. Precisamos ver a visão inteira. Não importa o que ela mostre.

Nunca dá para ter certeza de nada sem ter a imagem completa.

Bruno balança a cabeça com tristeza, como se estivesse prestes a desistir. Penso no quartinho solitário dele. Ele tem muita prática em desistir. Um estrondo ecoa sob nossos pés. Casita deve estar se mexendo de novo, a magia sendo filtrada como areia. As árvores no quarto de Antonio tremem e balançam. Ele não pode parar agora!

— Tem que ter mais! — grito. — Algo que não estamos vendo!

— Não tem mais nada.

— *Tío* Bruno — digo, num sussurro. — A família precisa de você.

Então, algo chama minha atenção. A visão rodopiando ao nosso redor desacelera, e vejo uma borboleta. Uma borboletinha azul com asas brilhantes, o tipo que Antonio gosta de pegar (e soltar) em dias quentes. Meus olhos seguem as asas que batem na direção de uma luz.

— Veja! Bem ali!

— A borboleta — diz Bruno. — Siga a borboleta... — Ele parece estar quase em transe. Murmura. A borboleta flutua, suas asas azuis depois douradas, reluzindo e faiscando. — Mais alguém — diz ele. — Tem mais alguém.

— Quem? — Tento ver o que meu tio está vendo. Mas não tenho o dom dele.

— Abrace-a — diz, em tom monótono.

A borboleta agora está mais perto da luz dourada. De repente, aparece a forma de uma mulher. Não consigo saber quem é. Será que é Abuela? Será que sou eu?

— ... Você verá o caminho.

— Quem é, Bruno?

— Abrace-a — repete meu tio.

Aperto os olhos, tentando discernir a figura que se aproxima. Bruno só fica me dizendo para abraçá-la e que verei o caminho. Mas não vejo nada.

— *Quem* é? — grito.

Então vejo quem é.

Isabela.

— Abrace-a. Você verá o caminho.

— Você está brincando? — grito. — Eu? Abraçar Isabela?

Minha voz ecoa enquanto a visão se extingue.

— Sua irmã! — Ele sai do transe da visão. — Que ótimo!

Fico olhando para Bruno. Como ele pode achar isso ótimo? Precisamos ir andando. Pego a mão dele e o puxo para fora do quarto de Antonio. Os animais nos observam indo embora, completamente confusos.

— Abrace Isabela! O que isso significa? Como assim, um abraço?

Na sacada, não tem ninguém. Olho para o pátio lá embaixo, mas, por sorte, também está vazio. Minha irmã! Bufo. Abraçá-la? Quero rir.

Puxo Bruno na direção da porta de Isabela. As paredes do corredor estão riscadas de rachaduras finas. Quando chegamos em frente ao quarto dela, não batemos. Em vez disso, nos escondemos – quer dizer, só, tipo, ficamos lá – atrás de uns vasos de plantas. Bruno e eu espiamos a porta perfeita de Isabela em meio a grandes folhagens. Flores. Cor-de-rosa. Lavanda. Além daquele brilho legal que todos os quartos mágicos têm. Humpf!

— Por que um abraço me faria "ver o caminho"? — sibilo. — Ela não vai me abraçar. Ela me odeia. Além do mais, eu estraguei o pedido de casamento dela...

— Mirabel — começa Bruno.

— É que é irritante. *Claro* que é Isabela. — Balanço a cabeça. — A *señorita perfecta* sempre tem que ter todas as respostas...

— Mirabel — repete Bruno. — Desculpa, hum, você não está entendendo direito. — Dou a ele um daqueles olhares bem ferozes. — O destino da família não depende dela. Depende de você. E, antes de dizer que você não vai conseguir um abraço... Você ajudou Antonio a conseguir a porta dele, me ajudou a ter minha primeira visão boa, nunca desistiu… — Fico olhando para Bruno. Ele acha isso mesmo? — Você é a melhor de nós. Só precisa enxergar isso.

A melhor? Não acredito no que estou escutando. Eu não me importaria de *abraçá-lo* agora. Talvez isso ajudasse em algo?

— Mas terá de fazer isso sozinha. — Bruno analisa suas unhas sujas. — Depois que eu for embora.

— Espera, como assim? — falo. — Você não vem?

Fico olhando incrédula enquanto Bruno se arrasta, levando a planta junto, de volta na direção do quadro – aquele que tem a passagem secreta.

— Foi uma visão *sua*, não minha.

Retiro o que disse sobre aquele abraço. Cruzo os braços à frente do peito. Eu sei o que está acontecendo.

— Você está com medo de Abuela te ver.

Bruno puxa a moldura do quadro.

— Aham, quero dizer, sim. Isso também. — Ele se abaixa para passar pela abertura. — Se você salvar a magia, hum... venha me visitar.

— *Quando* eu salvar a magia — digo, com um sorriso certeiro —, eu vou trazer *você* para casa.

Meu tio desaparece na parede, murmurando com seus ratos. Sem Bruno aqui, eu me sinto muito sozinha. A casa está sombriamente silenciosa. Eu me viro e olho para a vela de Abuela do outro lado do pátio. A chama bruxuleia irregular, e a luz está ainda mais fraca. A cera se acumula na base. Não importa se eu me sinto sozinha ou se não tenho certeza se vou conseguir fazer isto. Preciso tentar.

— Você vai ficar bem, Casita — digo, suspirando. Coloco a mão no gesso frio da casa. Eu me endireito e caminho até a porta de Isabela. Sussurro para mim mesma: — É para salvar a magia. E a família.

Capítulo 17 * Isabela

— VOCÊ DEVIA ter me contado no minuto que viu, Agustín — Abuela repreende *papá* na frente dos outros Madrigal, e sei que ela está falando da visão de Bruno que Mirabel achou. — Pense na família!

— Ela é minha filha — justifica ele. A forma como meu pai pronuncia "filha" atinge meu coração. Depois de tudo que faço para tentar ser perfeita, não consigo deixar de me perguntar se Mirabel ainda é a favorita dele. Talvez eu precise me esforçar mais. Quero aliviar a tensão do ambiente, mas sei que flores não vão resolver neste momento. Mordo o lábio e fico em silêncio. — Ela não conta? — questiona *papá*.

Abuela está prestes a protestar quando Felix interrompe. Espera, não é Felix.

— Abuela! — grita o Felix falso, transformando-se em Camilo. — O pessoal da cidade quer falar com você. Está todo mundo surtando!

— Camilo! — repreende o verdadeiro Felix. Ele parece prestes a dar um tapão nas orelhas de Camilo.

Meu pai pode ter se livrado da discussão, penso, enquanto Abuela analisa o rosto de todos da família. Mas ela parece estar procurando alguma coisa. Ou alguém. Lá vem mais drama.

— Cadê ela? — pergunta Abuela. Ninguém responde. — Cadê a Mirabel?

Olho ao redor, mas ela não está conosco. Nem Antonio, percebo. Meu *primito* deve estar curtindo seu novo quarto de floresta e seus amigos animais. Ah, como é bom ser jovem e despreocupado, não ter que pensar em pedidos de casamento ou com magia morrendo. Ele tem sorte de não ter que se preocupar com Mirabel arruinando a vida dele.

Abuela sai atrás de Camilo. Viro para o outro lado e fujo até meu quarto, onde pelo menos posso ter um momento de paz.

Depois de fechar a porta, eu me sinto bem melhor. A luz suave dali é relaxante, assim como o barulhinho das vitórias-régias flutuando preguiçosas no lago. Libélulas voam de galho em galho. O espelho em minha cômoda reflete o brilho azul frio dos lampiões. O cheiro de dálias me recebe, e elas me olham com uma calma serena. Respiro fundo. Inspirar. Expirar. Requer prática ser tão calma, ou pelo menos aparentar tranquilidade. Inspirar. Expirar. Noto que a azaleia ao lado da minha cama tem um botão murcho. Arranco. Não gosto de nada fora de ordem. Inspirar. Expirar.

Estou prestes a me jogar na cama – aliás, já tirei os sapatos e os alinhei com cuidado – quando ouço uma batida na porta.

— Isabela!

Resmungo. Mirabel. Ela me irrita tanto. Em geral, consigo ficar calma e manter a compostura. Mas, perto de Mirabel, fico nervosa. Eu a imagino lá fora batendo na minha porta floral linda. Só quero que ela vá embora. Decido fazer um truque legal que não uso muito. Do outro lado da porta, escuto-a arfar de surpresa quando o buquê de flores do capacho se rearranja de BEM-VINDO para VÁ EMBORA. Não tenho tempo – nem paciência – para Mirabel agora.

— Isa, eu sei que tivemos nossos problemas — diz ela pela porta. — Mas eu... estou disposta a ser uma irmã melhor. Porque você sempre foi uma irmã... perfeita para mim. — A voz dela engasga, como se ela não acreditasse de verdade no que está falando. Eu também não acredito.

Agora, o capacho diz NÃO ESTOU NEM AÍ.

— Então a gente devia só, hum, se abraçar e fazer as pazes — sugere ela, com alegria falsa.

— Se abraçar? — grito. — Luisa não consegue levantar uma empanada; o nariz de Mariano parece um mamão amassado.

Escuto um rangido. Mirabel teve a coragem de entrar no meu quarto sem permissão! Como ela ousa!

— Isa — diz ela. — Sei que você está chateada. Mas sabe o que pode ajudar? — Minha irmã se aproxima. Eu me empoleiro na beira da minha cama arrumada, ignorando-a. Meus dedos traçam o padrão da colcha de renda. Talvez, se ela for embora, eu não precise responder.

— Um abraço quentinho. — Mirabel sorri, como se isso fosse melhorar tudo.

— Sai.

Em vez de ir embora, minha irmã se aproxima mais. As mãos e o rosto dela estão sujos; seu cabelo está ainda mais bagunçado que o normal. O que ela andou fazendo? Parece que estava cavando numa caixa de areia.

— Isa...

Eu me levanto, afastando-me. O que deu nela? Mirabel abre os braços. Como se eu fosse abraçá-la...

— Tudo estava perfeito! — grito. Estou de saco cheio! — Abuela estava feliz. A família estava feliz. Você quer melhorar as coisas? Peça desculpas por arruinar minha vida!

Mirabel abre a boca para protestar, mas faço uma videira aparecer e impedi-la. Uma flor cobre a boca dela. Minha irmã cospe as pétalas.

— Tá bom, tá bom — murmura ela. — Desculpa — começa — por sua vida ser tão boa!

Chega! Ela não sabe nem pedir desculpas. Não consegue fazer nada direito!

— Fora! — grito.

Aceno com as mãos e mais videiras aparecem, rodeando os pés de Mirabel. Não gosto de usar meu dom assim, mas Mirabel esgotou minha paciência.

— Sai! Tchau! — Minhas videiras a arrastam para a porta, mas Mirabel agarra a perna da minha escrivaninha.

— Espera! Isabela, tudo bem. Eu peço desculpas. Não estava tentando arruinar sua vida. — Ela agarra uma cadeira com as duas mãos quando a videira aperta mais forte. — Alguns de nós têm problemas maiores, sua princesa idiota, egoísta e mimada!

Arquejo.

— Egoísta! — As flores nos meus pés ficam escarlate, vermelhas como sangue. Sinto minhas mãos ficarem tensas e minha mandíbula se apertar. — Fui obrigada a ser perfeita minha vida toda. A única coisa que você já fez por mim foi estragar tudo…

— Não tem nada estragado! Você ainda pode se casar com aquele bonitão grande e burro e...

— Eu nunca quis me casar com Mariano! — grito. Não acredito que falei isso em voz alta. As flores ficam ainda mais vermelhas. Suas pétalas se afiam. E ali, entre mim e minha irmã, cresce um cacto, os espinhos parecendo tão raivosos e ameaçadores quanto eu. — Só estava fazendo isso pela família!

— Isa... — Mirabel fica olhando para o cacto, depois para mim. — Você não quer se casar com ele?

— Não! — esbravejo. — E não quero ser perfeita o tempo todo. Olha isto! — Aponto para o cacto. Eu me aproximo um pouco demais de um espinho, que fura meu dedo. Aparece uma gota de sangue. — Não quero sempre ter que criar flores lindas e chatas. E se eu quiser fazer algo feio? E se eu quiser algo diferente?

— Ah... — Mirabel dá um passo para trás. — O cacto na verdade é bonito — diz ela. — Só é bonito de um jeito diferente.

Estou ofegante. Devagar, minha respiração se acalma. Volto-me na direção do cacto e o olho de novo. Quem diria. Mirabel está certa.

— É mesmo, né?

Aponto os dedos para o cacto. Ele fica mais alto. Nascem botões vermelhos. Serão flores?

— Bonito de um jeito feio? — continuo, apontando a mão pelo quarto. Em minha cabeceira nascem videiras cinza-esverdeadas cobertas de protuberâncias pretas.

— Bem feio? — diz Mirabel com um sorriso.

Um musgo marrom se espalha pelo chão, na direção da minha escrivaninha. Uma árvore estranha com um tronco retorcido se enrola em meu guarda-roupa. Fungo cor de sálvia vira uma toalha de mesa rugosa. Folhas do ipê ficam amarelas e caem.

— Lindo, não? — falo, enquanto nascem mais cactos, retorcendo-se e girando até ficarem altos como árvores. — Isto não é perfeito?

— É perfeito como você, Isabela — diz Mirabel. — Agora, que tal um abraço?

Mas estou só começando. Um jacarandá se ergue, seguido por figos que caem em um mar de musgo. Penso em como Mirabel vive, como ela decora o quarto com os próprios desenhos, como ela vai de cômodo em cômodo, de parente em parente, sem nunca se importar com o que pensam dela ou sem tentar ser perfeita. Só sendo ela mesma.

— E se eu cultivasse plantas que quero cultivar? E se eu não me preocupasse se elas são bonitas ou não?

— Faça isso, Isabela! — grita Mirabel.

— Acho que vou fazer, sim. — Balanço os braços e minhas plantas crescem. Lindas e coloridas. Feias e únicas. Retorcidas, esguias, espinhosas. Todas crescendo juntas em um emaranhado enorme e maravilhoso que se parece comigo. Elas brilham à luz dourada da... Vela Madrigal? Mirabel e eu vemos pela minha porta a vela brilhar mais forte.

— Você consegue fazer qualquer coisa, *hermana*.

Mirabel sorri para mim. Como se realmente me enxergasse, como se tivesse orgulho de ser minha irmã, mesmo que eu não esteja fazendo algo perfeito neste momento.

Comemoramos e corremos pela vegetação, rindo como crianças. Não me sinto tão livre nem tão feliz desde... Bom, acho que nunca me senti assim.

Não paro de criar plantas cada vez mais esquisitas, com Mirabel me incentivando. Saímos correndo para a sacada, as flores delicadas da cerimônia do dom de Antonio substituídas por trepadeiras verdes esquisitas. Dançamos a *cumbia* e uma valsa pelas flores e videiras. Rimos e rimos – até que escorregamos pelo corrimão da sacada em direção ao pátio lá embaixo. Por sorte, nossa queda é amortecida pelas pilhas de folhas e vegetação aos nossos pés. Mirabel e eu ficamos atordoadas, mas não nos machucamos. Eu me estico para abraçá-la...

— O que você fez?

Ficamos paralisadas.

— Abuela? — guincha Mirabel.

O que eu fiz? Olho a bagunça. *Papá* e *mamá* vêm atrás de Abuela. De repente, as plantas lindamente feias, ou feiamente lindas, parecem um desastre, não uma criação maravilhosa. Decepcionei minha família. Eu não devia ter dado ouvidos a Mirabel. Era para eu ajudar a família – não fazer uma bagunça!

Capítulo 18 * Luisa

SEMPRE QUE tem um estrondo, quer dizer que minha ajuda é necessária. Então, quando escuto um barulho alto vindo do pátio, paro de olhar o carrinho de mão cheio de tijolos que está no jardim da frente, e que quero mais que tudo ter a força para levantar, e corro para dentro da Casita.

— Abuela, está tudo bem. Vai ficar tudo bem — ouço Mirabel tagarelando quando entro no pátio. Dou um passo à frente e paro. Ela está sentada em uma pilha de vegetação que devia ter sido um monte de flores bonitas, suponho. Abuela está parada no meio de toda essa bagunça com nossos pais bem atrás dela. A não ser que queiram minha ajuda para mudar essa pilha de folhas de lugar, a cena não parece algo que eu conseguiria consertar, mesmo *se* não tivesse perdido meu dom.

— Tudo bem? — repete Abuela. — Olhe ao redor. Olhe a sua irmã!

É aí que percebo que há mais alguém no meio dessa bagunça. Pisco. Meus olhos devem estar me enganando. Talvez eu tenha passado muito tempo no sol. Isabela – *Isabela?!* – também está na pilha de plantas e trepadeiras, parecendo tão desgrenhada quanto nossa irmã. O rosto delas está cheio de terra. O vestido de Isabela está com manchas verdes, e ela tem pétalas murchas e folhas secas no cabelo.

— Veja como está nossa casa — diz Abuela.

Obediente, olho para a casa. Além da bagunça no pátio, há ainda mais rachaduras nas paredes do que antes. Algo estranho e preto cresce no corrimão da sacada. Os tijolos no pátio estão irregulares, e pedaços de gesso cobrem o piso. Os retratos da minha família estão distorcidos, em vários ângulos. Talvez se eu endireitasse a foto de Abuelo... Toco a moldura com o dedinho. Ela mal se mexe. Tento de novo, agora com mais força. O quadro cai da parede, deixando mais rachaduras.

— Se você só... — diz Mirabel, empurrando os óculos tortos mais para cima. Ela respira fundo e recomeça. — Isabela não está feliz...

— É claro que ela não está feliz! — diz Abuela, com raiva. Dou uns passos para trás, escondendo-me na sombra. Só porque eu sou forte – porque eu era forte (não chore, não chore) –, não quer dizer que minha avó não me assuste um pouco, especialmente quando está brava. — Você arruinou o pedido de casamento dela!

— Eu achei um jeito de ajudá-la... — gagueja Mirabel.

Penso em como Isabela olhou para Mariano. Agora que Mirabel mencionou, não tenho certeza de que seja assim que se olha para alguém que se gosta e que devia fazer parte dos seus sonhos.

— A vela ficou mais brilhante do que nunca...

— Mirabel! — irrita-se Abuela.

Olho para a janela da nossa avó. Não sei se eu diria que a vela está mais brilhante. Aliás, ela não parece muito bem. Sei como é isso. Tentar brilhar o mais forte que pode e fracassar miseravelmente.

— Abuela...

— A vela não tem nada a ver com você!

Sinto a dor no coração da minha irmã como se fosse no meu. Sei como é querer a todo custo deixar a família orgulhosa. Antes de perder meu dom, eu sabia que todos sempre teriam orgulho da minha força – quero dizer, às vezes eles não pareciam notar nem se dar ao trabalho de me agradecer, mas ainda tinham orgulho de mim. Ninguém quer ouvir que algo tão importante quanto a vela Madrigal não tem nada a ver consigo.

Mirabel agora fala suavemente:

— Eu estou na visão por um motivo. É para eu ajudar a nossa família. — Ela olha bem para Abuela. — Posso salvar a magia. Você só tem que ouvir…

— Você precisa parar com isso, Mirabel — interrompe Abuela, desviando o olhar. Credo, isso não é bom. Assim que ela fala, um tremor abala os tijolos do pátio. — As rachaduras — continua Abuela, abrindo os braços para mostrar todo o dano já causado à casa — estão aqui por *sua* causa. Você ficou com inveja do dom de Antonio, por isso as rachaduras começaram.

Uau. Que cruel. Meu coração pula uma batida. Eu sabia que a cerimônia do dom de nosso *primito* tinha sido difícil para minha irmã, mas não sei se acredito *nisso*. Mirabel fica pálida.

— Não!

— Luisa perdeu seus poderes porque você interferiu!

Volto às sombras. Não quero piorar nada. Só quero que todos se deem bem. Olho para minhas mãos, meus braços que eram tão fortes. Eles só servem agora para dar abraços gentis. Mas não quero acreditar que seja mesmo culpa de Mirabel.

— Não é justo!

— Isabela está confusa por sua causa! — Abuela bate o pé. Rachaduras saem de debaixo dele. — Bruno deixou nossa família por sua causa. A vela está morrendo por sua causa, Mirabel!

Se eu fosse Mirabel, já teria caído em prantos. Mas minha irmã permanece forte. Ela aparentemente não nota as rachaduras. Seus olhos estão vazios, tristes.

— Ele disse que isso ia acontecer. Que você só veria o pior em mim.

A vela na janela de Abuela vacila, a chama queimando mais forte e depois mais fraca, projetando sombras estranhas nas paredes, que continuam rachando. Parece que nos pontos tomados pela sombra, as paredes racham mais. Estou me sentindo meio desconfortável sob a sacada. Eu me pergunto: será que não era melhor a gente, hum, ir para um lugar mais seguro?

— Você está errada — diz Mirabel baixinho.

Até as rachaduras parecem silenciar com essa afirmação.

— Luisa nunca vai ser forte o suficiente — ela continua.

Eu sabia. Eu sabia que era culpa minha. Por que não posso estar em todos os lugares ao mesmo tempo? Outra rachadura sai dos pés de Abuela. Escuto o raspar inconfundível de móveis – a mesa de jantar – deslizando pelos pisos de azulejo para além do pátio. Eu devia tentar fazer alguma coisa.

— Isabela não é perfeita o suficiente. Bruno não é bom o suficiente — Mirabel completa.

Fico boquiaberta. Isabela não parece chocada de escutar isso de Mirabel. Aliás, parece quase satisfeita. Mirabel não está falando que só eu não sou forte o suficiente. Será possível que talvez nenhum de nós seja *suficiente*?

— E a noite em que não recebi meu dom foi quando você parou de acreditar em mim! — diz Mirabel. Mais rachaduras aparecem, algumas embaixo dos meus próprios pés. Eu as vejo subir pelas paredes, contornar as pilastras. Os tijolos chacoalham e se chocam. — A casa está morrendo porque ninguém nesta família é bom o suficiente para você. É por isso que a magia está morrendo!

À distância, ouço vozes. Gente da cidade parece estar se reunindo lá fora. Sinto cheiro de fumaça, talvez de lampiões e tochas. Há medo no ar.

Está tudo bem. Está tudo bem, repito para mim mesma, embora obviamente *não* esteja tudo bem. Outro retrato se espatifa no chão. Corro para lá, mas aí, quando escuto outro estrondo no lado oposto, mudo de direção. Não consigo estar em todo lugar ao mesmo tempo! Estou zonza, e minha respiração está rápida e superficial. Acho que vou ter um ataque de pânico.

— Você não tem ideia do que fiz por esta família! — grita Abuela.

Rachaduras no chão fazem Mirabel perder a estabilidade.

— Você não tem ideia do que fez *com* esta família!

Na janela de Abuela, a vela está vacilando, nada de sua iluminação dourada, reluzente, mágica de sempre. Não sobrou quase nada dela. A vela tremeluz e solta uma fuligem negra e cheia de cinzas. Isso é tão horrível. Acho que vou vomitar. As coisas não estão bem.

Abuela olha para a vela esmaecendo. Parece que agora, ao nosso redor, há dor em vez de magia. Há gritos do lado de fora e estrondos profundos do lado de dentro. As vigas rangem e gemem. Meu instinto é arregaçar as mangas, preparando-me para içar, empurrar, levantar, mover o que quer que seja necessário. Mas então me lembro de como sou inútil neste momento. Idiota!

Mais rachaduras aparecem, ainda maiores, correndo entre minha avó e minha irmã caçula. *Não está tudo bem. Não está tudo bem.* Agora, tenho certeza de que vou chorar. Isso é fraqueza? Se for, não estou nem aí. Quero muito minha *mami* agora. Lá fora, a comoção e os gritos de pânico estão aumentando. Parece que a cidade toda está bem atrás das nossas portas. Não consigo decidir se devo ir checar ou ficar aqui.

Abuela olha para Mirabel com raiva.

— Dediquei minha vida a proteger nossa família, nosso lar. — A voz dela está forte e firme, mas triste. Tão triste.

O chão sob nossos pés começa a oscilar e balançar. A Casita está quebrando.

— Abra os olhos! — diz Mirabel a Abuela. — Nossa família está se despedaçando por sua causa!

O gesso se despedaça e cai no chão em nuvens de poeira. Um lustre cai e quebra. Tudo está literalmente desmoronando. Novas fissuras rasgam a casa, quase partindo-a em duas. Agora, eu *sei* que sou necessária, mas estou impotente. Se eu tivesse minha força, consertaria a parede. Não, espere, a pilastra. Melhor a escada?

Mas sei que não é possível. Força nenhuma poderia salvar a Casita agora. Gemidos horríveis saem da casa enquanto as paredes tombam, as telhas quebram, as portas se soltam com estalidos. Uma fissura profunda parte a casa. A rachadura serpenteia até a vela Madrigal, que queimou quase por completo. Sua chama fraca vacila.

Já mencionei que tenho medo do escuro?

Capítulo 19 * Mirabel

A FAMÍLIA ENTRA EM PÂNICO, enquanto a Casita racha e desmorona. A grande mesa de jantar se parte, o corrimão da sacada acima de nós também. As rachaduras estão todas indo na direção do quarto de Abuela.

— A vela! — grita *tía* Pepa. — Salvem a vela!

Isabela entra em ação. Tenta usar suas trepadeiras para alcançar a vela, mas elas morrem ao seu redor. Todas as flores estão pretas e murchas no pátio destruído.

— Não! — Isa berra ao olhar para cima a tempo de ver sua linda porta crepitar.

— Casita! — grito. A casa me ajuda a subir até o teto. Camilo está bem atrás de mim. Mas, aí, ouço um chiado e, quando olho para trás, a porta dele se apagou, como a de Isabela. — Ah, não! — É terrível ver o rosto do alegre e brincalhão Camilo tão triste.

— Pepa! — grita Felix. — Você precisa parar o vento.

Minha *tía* está chorando, mas o vento continua nos golpeando.

— Não consigo! — Ela respira fundo e tenta se concentrar. Então, olha ao redor. — Cadê o Antonio?

Dolores corre na nossa direção, gritando, como se não conseguisse escutar nada.

— O quê? O quê?

— Cadê o Antonio? — pergunta Pepa.

Dolores corre lá para cima e arranca Antonio de seu quarto. Uma árvore lá de dentro atinge a porta bem quando a magia acaba. Dolores e Antonio são jogados no pátio. As antas saem em debandada e as araras voam em bandos, bem assustadas. — Não! — grita Pepa.

Felix pega Antonio nos braços. Dolores caiu com segurança em um carrinho de mão, graças a alguns movimentos ágeis da Casita. Isso me dá uma ideia.

— Casita, você precisa tirar todo mundo daqui!

Luisa tenta levantar vigas e móveis, mas ela não tem mais força do que eu. Os retratos sorridentes da família que cobrem as paredes – a foto de casamento de Pepa e Felix, a foto antiga de Abuela e Abuelo, a imagem brincalhona de nós, primos, fazendo careta para a câmera – escorregam para o chão, as molduras estouradas.

— *¡Vamos!* — Felix está tirando sua família da casa.

Uma a uma, as portas dos quartos da minha família se apagam, a magia morrendo. A torre de Bruno se desintegrou em pilhas de areia. Espero que ele esteja bem.

— *Vámonos, todos* — diz Papá. Mamá dá uma última olhada para a cozinha que desmorona, os azulejos que se estilhaçam, os pratos que quebram e as panelas que racham em pedaços. — Vamos, vamos.

Olho para cima e vejo que a vela ainda está na janela de Abuela. Mas parece impossível alcançá-la – sobretudo sem nenhuma magia. A Casita, que neste ponto mal parece uma casa, está ruindo. Preciso chegar até a vela. Uso o corrimão da sacada e encontro um ponto de apoio para alcançar o telhado. Com cuidado, ando por ele, meus pés fazendo um estalido seco nas telhas. Uma delas se quebra e cai no chão do pátio lá embaixo.

— Mirabel, não! — grita Mamá.

Eu não paro. Continuo tentando alcançar a vela. Eu a agarro. Outra telha desliza; perco o apoio dos pés. Sinto Casita usando seu último suspiro para me proteger. Não solto a vela, mesmo enquanto caio. A Casita cospe escombros e poeira. Ela se foi. Os cômodos, o pátio, a torre, tudo se foi. A casa é só uma pilha de entulhos. E eu estou no topo dessa bagunça.

— Não é de surpreender que ela não tenha recebido um dom — comenta alguém. Eu me encolho como se tivesse sido atingida. Dói porque sei que é verdade.

Um tucano pousa em uma pilha de tijolos. Antonio escala os escombros para chegar até ele, mas o pássaro sai voando.

A família está decepcionada comigo. Todo mundo sabe que foi culpa minha. Da Mirabel que não tem dom. Abuela tinha razão. Estou destruindo a família. Não, eu *destruí* a família. Isabela também tinha razão. Eu estrago tudo. Sei o que preciso fazer.

Eu me levanto, mas tropeço em um tijolo quebrado. Minha avó não se mexe, nem sequer estende os braços para tentar me segurar. Quando caio, minha saia fica presa. Puxo para soltá-la e me afasto. Saio de fininho do que sobrou da casa.

Logo, estou bem dentro da floresta. Minha mente está entorpecida. Fico só andando e andando. As árvores me lembram das plantas de Isabela e da selva de Antonio. Ervas perfumam o ar, fazendo-me pensar em Mamá e suas comidas. Um pássaro canta e penso na música de Papá. Mas afasto os pensamentos sobre minha família. Eles não precisam de mim para nada. Eu não os ajudei – não consegui.

Sigo pelo bosque, sem ter certeza para onde estou indo. Não paro de repassar os últimos momentos. A visão, a visita ao quarto de Isabela, as risadas com minha irmã, a vela, Abuela. Por algum motivo, as coisas ficaram piores, depois melhores e aí muito ruins. Cada vez que penso sobre o que houve, sei que foi tudo culpa minha. Começou comigo. Abuela falou que começou quando eu tinha cinco anos. *Desde que você não recebeu seu dom*.

As montanhas ao redor de Encanto – ou do que sobrou dele – estão cheias de rochedos espalhados por causa dos deslizamentos. Contorno os pedregulhos, desejando que Luisa estivesse aqui para tirá-los do meu caminho. Só que ela não tem mais o dom.

Escalo galhos e troncos caídos. O bordado da minha blusa se prende. O fio da minha saia descostura, as imagens que eu havia costurado desbotando como a família Madrigal. Tropeço sem parar, ralando os dois joelhos e uma canela. Queria que Mamá pudesse curar os cortes. Se eu fosse Isabela, não seria tão desastrada.

Escalo entre os arbustos. Minha saia se prende de novo e, desta vez, rasga. Está arruinada. Igual ao jantar de pedido de casamento de Isabela.

Ando por um desfiladeiro que tinha acabado de aparecer, formando uma cicatriz na terra. Uma rachadura de bordas irregulares que divide a terra e o Encanto. Aparentemente, a destruição que causei foi mais longe do que eu imaginava. Meu coração dói ainda mais. Meus olhos vão para o chão em desespero.

Quando escuto o correr da água acima das batidas do meu coração, levanto os olhos. Aparece um rio, e isso me faz parar. Vou até a margem. Sentada na beira da água, vejo meu próprio reflexo. E, aí, outra figura aparece no espelho d'água.

— Mirabel. — A voz de Abuela soa baixa ao meu lado.

— Você tinha razão — falo, com a voz sofrida. — Você tinha razão em relação a mim, e agora nossa casa está…

Meu olhar sobe o rio na direção das corredeiras que caem pelas pedras, a bruma baixa na água. Uma folha amarela, como uma pequena borboleta, flutua rio abaixo.

— De todos os lugares aonde você podia ter ido, encontrou este aqui — diz Abuela. — Nunca achei que fosse voltar a este lugar. Foi neste rio que recebemos nosso milagre.

A água canta nas pedras do rio, e a brisa assovia pelas árvores. O silêncio entre nós parece algo tão forte quanto a magia.

— Onde Abuelo Pedro...

Abuela faz que sim com a cabeça.

— Era uma outra vida.

Eu devia ter perguntado sobre a história dela antes para tentar entender de onde ela veio – tentar entender o lado dela. Ter perguntado sobre meu avô. Mas sempre me pareceu algo de que não se fala. Tem tantas coisas das quais a gente não fala. Como Bruno. Meus olhos ardem, então tiro os óculos e limpo-os na blusa.

— Você é igual a ele. Eu nunca fui. — Abuela olha para o rio. — Lembro quando o conheci. Amor à primeira vista. Que bobeira, não? — Abuela dá uma risada triste. Mas não acho bobeira nenhuma. Quando aperto os olhos, consigo ver a jovem noiva que ela era tal qual na antiga foto pendurada – bom, não mais – na Casa. — Éramos tão jovens e apaixonados. Tão cheios de esperança. Quando nos casamos, eu nunca tinha sido tão feliz – e nunca mais fui tão feliz. Nosso casamento foi o melhor dia da minha vida. Guardei a vela do casamento porque queria me lembrar daquele dia.

Vela? Quero perguntar a Abuela se a vela Madrigal é a mesma vela do casamento, mas vejo que ela está mergulhada em pensamentos, perdida em memórias.

— Ele ficou muito animado quando descobrimos que eu ia ter trigêmeos. Fiquei assustada só de pensar, mas Pedrito tinha certeza da nossa felicidade. — Abuela sorri, mas aí seus olhos escurecem. — Teria sido perfeito. Podia ter sido perfeito. Mas a cidade ficou perigosa. Não era lugar para construir uma família. Especialmente com três bebês. Pedro era corajoso e esperto, por isso sabia que precisávamos ir embora.

Abuela me conta como viajaram pela floresta só com a vela para guiá-los. Eles não eram a única família indo embora, tentando escapar da violência e da rebelião, em busca de uma vida melhor. Mas o perigo pareceu segui-los, e o grupo de viajantes foi emboscado por bandidos entre o rio e as montanhas. Aqui. Neste exato ponto. Onde estamos sentadas à margem do rio. Não é surpresa ela estar triste. Abuela me conta como Pedro beijou cada um dos bebês – os bebês que cresceram e se tornaram Mamá, Pepa e Bruno.

— Ele me beijou — diz Abuela, com voz jovial. Seus olhos estão fechados enquanto me conta que meu *abuelo* garantiu a ela que ia ficar tudo bem. Aí ele voltou e tentou conversar com os bandidos. Mas eram todos vilões. Assim, ele morreu e nunca mais voltou. E Abuela só conseguiu rezar.

— Mas os bandidos vieram atrás de mim. De nós. — Abraço gentilmente minha avó, que suspira com as memórias. Penso na última vez que nos sentamos tão perto: no dia da minha cerimônia, o dia em que a decepcionei. Agora ela me olha com lágrimas nos olhos, mas um sorriso triste. — Então eu coloquei minha vela no chão, e a vela... a vela começou a brilhar tão forte. Encheu a ravina de um brilho dourado. Ah, Mirabel, você tinha que ver. Os bandidos foram afastados pela luz quase como se fosse uma parede, uma onda, uma cortina. As montanhas cresceram como se a própria terra estivesse me protegendo. Nos protegendo.

— E assim surgiu o Encanto?

— *Sí* — diz ela. — Eu sabia que tive sorte. Tivemos sorte, eu e meus bebês. Fomos abençoados. E eu precisava deixar Pedro orgulhoso, fazer o sacrifício dele valer a pena. Nossa família cuidou da aldeia, cuidou uns dos outros. Até...

Meu corpo fica tenso. Quero que ela pare de falar. Sei que o "até" é quando não recebi meu dom. Assinto triste com a cabeça, sentindo o peso de toda a família Madrigal nos meus ombros cansados.

— Não começou com o dia em que você não recebeu seu dom. Começou antes. Quando Bruno e eu discutimos, e ele desapareceu. Quando Isabela nunca conseguiu ser perfeita o suficiente para mim. Quando Luisa nunca estava trabalhando duro o bastante. E agora...

Abuela abre o medalhão pendurado na corrente do cinto. Havia uma foto do Abuelo Pedro.

— Por muito tempo achei que, se eu fizesse nossa família ser forte o suficiente — continua ela —, se nos esforçássemos o bastante, o sacrifício dele valeria a pena.

Recosto-me no ombro dela para olhar a foto. Pedro é jovem e está sorrindo. Parece orgulhoso e cheio de vida. Vejo um pouco de Mamá na forma como os olhos dele brilham. Seu nariz fino me lembra o rosto forte de Luisa. Seu cabelo – está, sabe, domado com pomada, mas tem a mesma textura do meu. Eu sorrio para a foto.

— Mas, se ele me visse agora, ficaria tão decepcionado comigo.

Levanto a cabeça de repente para olhar minha avó. *Ele* ficaria decepcionado com *ela*?

— Você tinha razão — diz Abuela. — Você não destruiu nossa família, Mirabel. Fui eu.

Nenhuma de nós se move.

Estou chocada. O peso parece sair dos meus ombros. Sento-me ereta, o que me deixa mais alta.

Abuela destruiu nossa família? Não parece possível. Ela pode ser pequena, mas, em muitos sentidos, é mais forte do que Luisa. Pode estar velha e enrugada, mas consegue ser mais perfeita do que Isabela. Pode ser impaciente às vezes, mas não precisa de comida para nos curar como Mamá. Minha *abuela* tem todos os dons.

Olho para o rio, a floresta, o céu. Então vejo algo. Uma única borboleta, de asas azuis brilhantes, pousa em um galho no meio do rio.

— Quando eu era pequena — falo para Abuela, segurando suas mãos —, você me contou uma história sobre milagres. Sobre como existe luz, mesmo nos nossos momentos mais sombrios. — Percebendo o que preciso fazer, eu a ajudo a ficar de pé e a levo à água. — Sobre como há esperança onde a gente menos espera.

Se foi aqui que ela esteve com Pedro pela última vez, talvez precise se lembrar. Lembrar-se de uma forma diferente. Ver uma nova luz.

— Você carregou tudo sozinha e por tanto tempo. — Entro na água. Ela vem atrás como se fosse a garotinha. — Abuelo estaria tão orgulhoso. Porque ele veria o que eu vejo.

Agora, estamos dentro do rio. A borboleta abre e fecha as asas devagar, no ritmo do movimento da água.

— Você ama sua família. Segurou a vela. Rezou para a terra. — Enquanto falo essas palavras, consigo ver tudo o que Abuela disse, como em um filme. O que aconteceu aqui foi triste, mas também belo. Tudo pode ter dois lados se olharmos do jeito certo. O Encanto é feito de magia, mas também do que é real. Magia *e* realidade. — Recebemos este milagre por causa de você, Abuela.

— Eu… — minha avó começa a dizer. — Eu pedi a ajuda de Pedro. — Ela me olha como se estivesse me vendo, de verdade, pela primeira vez. — E ele me enviou você. — Abuela estende a mão e toca meu rosto, como fez na manhã do dia da minha cerimônia do dom. — *Mi vida*, você *é* o milagre.

As nuvens então se abrem. Somos banhadas pelo sol incandescente. Luzes cor-de-rosa e douradas dançam no rio. Abuela solta minha mão e fica de pé, mais ereta e mais alta. Um facho de luz do sol brilha na borboleta, que sai voando. Mas ela não vai longe. Logo, uma segunda borboleta se aproxima, os dois pares de asas dançando ao sol. Aponto as borboletas para Abuela. Então, mais borboletas descem das copas das árvores. Agora, há dezenas – não, centenas – de outras borboletas. Um arco de asas douradas brilhando aparece e nos cerca. Sinto a magia ao nosso redor. Abuela segura minha mão. Seus dedos se fecham nos meus, reconfortando-me. Milhares de asas se mesclam com o sol dourado, banhando o rio, a floresta e nós duas em um brilho rosado e quente.

De repente, vemos uma figura escura se aproximar. Alguém entra no rio, jogando água por todo lado. Escuto um relincho. É um cavalo. E, em cima dele, há um cavaleiro – mais ou menos. Meu *tío* Bruno está sentado desajeitado no pobre animal, tombando para um lado.

— Não foi ela! — grita ele, jogando água enquanto se aproxima de nós. — Eu mostrei uma visão para ela! Eu falei que eu era tipo… — Bruno desce do cavalo enquanto Abuela o olha. — E ela é… ela é, tipo, uma boa pessoa. Ela só queria ajudar. — Bruno tropeça nos próprios pés. — Não estou nem aí para o que você pensa de mim, mas, se é teimosa demais para ver…

— Brunito — diz Abuela, estendendo os braços. Mas ele se encolhe e se afasta. Mesmo assim, ela o envolve em um abraço.

Bruno me olha por cima do ombro dela.

— Estou achando que perdi algo importante.

Dou risada.

— Vamos! — Pego as rédeas do cavalo e ajudo Abuela a montar.

— Ah — fala Bruno. — O que está acontecendo? Aonde estamos indo?

Monto no cavalo de Bruno e faço o animal dar meia-volta.

— Para casa — anuncio, e deixo que as borboletas nos guiem pelo Encanto.

Capítulo 20 * Isabela

DE TODAS AS COISAS ESTRANHAS que aconteceram hoje – criar plantas lindamente feias com Mirabel, a vela se apagar e a Casita desmoronar –, talvez a mais esquisita esteja acontecendo agora. Descendo a montanha, vem um cavalo – um cavalo triste e meio desajeitado – com as três pessoas mais improváveis juntas: Abuela, Mirabel e Bruno. Os três são guiados pelas borboletas que, reunidas, parecem um enorme buquê de flores.

Pepa está vindo na minha direção com Antonio nos ombros. Ele aponta para o céu ao ver as borboletas. A surpresa e a beleza de cena nos fazem rir. Camilo e Felix vêm correndo da casa arruinada com Luisa logo atrás. Eles também olham para cima boquiabertos ao verem as borboletas. E ficam ainda mais surpresos ao verem Mirabel no cavalo, galopando como o vento, com Abuela agarrada a ela e Bruno, todo desengonçado, às suas costas.

Nossos sorrisos, despertados por causa da visão das borboletas, desaparecem quando percebemos que os três cavalgando tão rápido – juntos – deve significar que tem algo terrivelmente errado. Será que Abuela está machucada? Doente? Mas, quando eles chegam mais perto, vejo que as duas estão... sorrindo. E Bruno também. Não vejo motivo para sorrir.

De trás de mim, escuto vozes. Habitantes da cidade estão vindo na direção da casa, gritando e chamando, querendo saber o que aconteceu. Meu coração dói por elas. A família Madrigal devia cuidar dessas pessoas e protegê-las. Olho ao redor. Casita está em ruínas, uma pilha de escombros e azulejos quebrados. De cima do que restou da Casa, vemos que a aldeia também é uma pilha de destroços. Muitas casas foram danificadas; alguns burros estão soltos. A praça está rachada e cheia de lixo. E agora? Percebo que não tenho ideia do que fazer. Antes, eu sempre usava as flores para melhorar as coisas, deixar Abuela orgulhosa, deixar a família orgulhosa. Mas sei que algumas flores não vão consertar a casa. Nem o Encanto.

Por um momento, quando Mirabel vê a Casa demolida, seu sorriso vacila. Mas aí, ao ajudar Abuela a descer do cavalo, ela volta a sorrir.

A multidão se aproxima da casa, parando na frente dela. Um a um, todos notam as borboletas. Então veem Mirabel e Abuela.

— Mirabel — escuto Mamá dizer. Ela e Papá parecem cansados e preocupados ao se apressarem para abraçar Mirabel e Abuela. Embora eu esteja arrasada com o estado da magia e da Casa, fico muito feliz de ver minha família unida. Chego mais perto. — Aonde você foi? — pergunta Mamá, os olhos sérios.

— Mamá — responde Mirabel, com alegria. — Vamos ficar bem.

Luisa também vem vindo na direção da família.

— Mira, a magia se foi. — Minha irmã tenta levantar o cavalo desajeitado para demonstrar.

Mirabel sorri. É o mesmo sorriso que ela me dava quando era criança. Na véspera de sua cerimônia do dom, ela entrou correndo no meu quarto, toda animada e cheia de expectativa. E continuou sorrindo mesmo depois de não receber seu dom. Mirabel sempre uniu as pessoas, sempre as animou. Seus olhos brilham atrás dos óculos, e eu fico pensando em como ela enxerga o mundo. Claramente vê o melhor dos outros, as possibilidades. Às vezes, até as coisas que nós mesmos não conseguimos ver.

— Há outra maneira. — Só ela está sorrindo ao olhar para a casa e para a família. Tento me concentrar nela, ignorar a devastação de nossa amada Casita. — Eu achava que tudo tinha que ser feito de um jeito. Também achei que soubesse tudo sobre cada um de nós. Mas percebi...

Todos nos aproximamos. Meus pais e minha irmã. Minha tia, meus tios e primos. Até Bruno e Abuela. A família toda, unida. É como um outro tipo de magia, só que ainda melhor. Os Madrigal formam um círculo ao redor de Mirabel.

— Percebi que, se olharmos com atenção, podemos ver algo diferente do que achávamos ter visto. Quero dizer, todos temos nossos problemas, nossos segredos e nossas dificuldades, né? Mas nem sempre queremos admiti-los para os outros.

Desconfortável, mudo o peso de um pé para o outro. Penso em como estou cansada de deixar tudo lindo e perfeito o tempo todo. Mirabel me viu deixar as boas maneiras de lado e tentar algo que se parecia mais comigo. Será possível que os outros também se sintam assim?

— Eu entendo o que você quer dizer, Mirabel — sussurro. Aí, mais alto, digo: — Nem sempre quero ter o vestido perfeito, o cabelo perfeito. Às vezes, quero ser outra coisa, ser algo mais, sabe?

Mirabel corre até mim e me dá um abraço enorme. De início, quero dar um passo para trás e afastá-la, como sempre faço. Mas então penso no que ela falou, no fato de que talvez todo mundo tenha dificuldades. Talvez Mirabel precise tanto de um abraço quanto eu. Aperto-a de volta e damos risada.

— Suas plantas feiamente lindas são incríveis, Isabela! — fala Mirabel. — Precisamos de mais flores assim em nossa vida.

— Isso quer dizer que — diz Luisa — talvez haja outras coisas que eu posso fazer pela família? Coisas que de repente não precisem disto aqui? — Ela levanta o braço e flexiona o músculo.

— Bom, talvez ainda precisemos disso em alguns momentos — responde Mirabel, jogando-se nos braços fortes de Luisa para um abraço.

Luisa faz que sim com a cabeça.

— Às vezes, nossos dons podem parecer um peso. Mesmo quando, sabe, pesos são sua especialidade.

— Exatamente! — fala Mirabel. — Às vezes, mudar é bom.

— Sou meio que especialista em mudança — comenta Camilo. — Mudar não é tão ruim. Talvez eu também possa mudar de outras formas. Tipo, quem sabe eu possa ser eu mesmo?

— Ah, Camilo — diz Dolores, apertando-o com força. — Eu sei que você pode ser mais do que outras pessoas. E não é só porque ouço tão bem. — Observo minha prima e penso em como seria escutar *tudo*. Ela também deve querer uma folga de seu dom. — Aliás — continua ela —, talvez eu também queira falar, né? Não só ouvir.

Pepa sorri para Dolores.

— A gente ia gostar disso — diz. — *Ay, ay, ay* — choraminga. — Acho que vou começar a chorar.

— Não! — exclama Felix. — Aí vamos todos nos afogar! — Ele ri e puxa a esposa em um abraço apertado. Os dois se beijam na frente de todos. Camilo resmunga, mas eu sorrio e bato palmas. Tomara que um dia eu possa achar a pessoa dos meus sonhos, e que a gente se ame como Pepa e Felix.

— Está tudo bem — diz Mirabel. — A *tía* Pepa pode ser ela mesma. Pode chorar se quiser. Todo mundo devia poder ser quem quiser.

— Eu devia ter falado do Bruno — afirma Abuela. Ela estende a mão e aperta a do filho. Bruno se esconde dentro do poncho, mas todos vemos o sorriso envergonhado em seu rosto.

— Eu quis chorar quando Bruno foi embora — conta Pepa, fungando.

Abuela se aproxima e segura a mão da filha.

— Eu queria que tivesse me dito isso, *hija*.

— Olha! — grita Antonio. Com uma mão, ele agarra uma onça de pelúcia e, com a outra, aponta o que sobrou das paredes. Mas, em vez de destruição, vemos que as rachaduras estão lentamente recuando, como o oposto de uma trepadeira crescendo.

— Acho que pelo jeito não precisamos ser tão perfeitos o tempo todo — comento baixinho. Abuela me olha surpresa. — Quero dizer, eu ainda amo flores. — Olho para Mirabel. — Mas gostaria de descobrir o que mais posso fazer.

— Será que você quer aprender a tocar piano? — diz Papá, mostrando uma corda quebrada do instrumento. — Ou talvez possamos aprender a construir um?

— Quem quer aprender a cozinhar? — pergunta Mamá. Ela segura uma cesta de *arepas* que sobreviveu à destruição da cozinha. Camilo pega uma com cada mão. Antonio tenta dar uma ao bicho de pelúcia.

— Ah, pessoal! — diz Mirabel. — Acho que é hora de um abraço!

Capítulo 21 * Mirabel

TALVEZ PAREÇA BOBEIRA, mas meu coração dói de alegria neste momento. A casa pode estar em ruínas, mas a família está intacta – e melhor do que antes, porque agora Bruno está de volta com a gente. Em meio aos abraços, olho para meu tio. Ele me dá um joinha tímido. Sorrio e devolvo o gesto. Os esquisitões da família têm que se unir.

— Desculpa pela Casa, Abuela — falo, enquanto o festival de abraços continua ao nosso redor.

— *Mi hija*, a culpa não é sua. — Ela olha para a casa e a família. Os habitantes da cidade também estão chegando para os abraços. — Quanto à casa... bom, se conseguimos consertar nossa família, com certeza conseguiremos consertar uma casa, não é?

— Conseguiremos?

E é aí que percebo que as pessoas da cidade não estão aqui só para o "abraço coletivo". Estão carregando ferramentas – pás, espátulas e baldes. E assim começa a maior reforma doméstica de todos os tempos. O entregador e seu burrico trazem vários materiais da cidade. Os burros do *señor* Rendon carregam um monte de lona e madeira. A *señora* Ruiz e a *señora* Uriarte distribuem canecas de *café con leche* quente para todos.

Os Madrigal também estão trabalhando, e juntos, o que é bem incrível. Isabela esfrega o chão da entrada, e seu vestido fica preto de fuligem. Luisa pede ajuda quando se cansa. Assim que a cozinha está funcionando, Mamá faz pilhas de *arepas*, que Papá vai entregando a quem quiser. Camilo levanta Antonio para ele poder pendurar as fotos. Dolores se contenta com qualquer tarefa, mas está falando tanto que a única pessoa que quer trabalhar ao seu lado é Mariano – que parece não conseguir tirar os olhos dela! Abuela supervisiona tudo, descansando quando precisa. Pedaço a pedaço, cada tijolo, cada azulejo, cada carpete é recolocado. E, conforme nossa casa vai sendo reconstruída, ela se torna mais forte do que nunca.

Consertar nossa casa acaba levando mais tempo, mas também menos tempo do que eu teria imaginado. Por três dias, todos no Encanto trabalham com afinco, mas no fim a Casa fica parecendo a antiga. O gesso está quase liso nas paredes sólidas, e as fotos de família estão penduradas – ainda que meio tortas. Os tijolos do pátio estão uniformes, e o corrimão ornamentado da sacada é robusto. Cada telha de terracota é colocada de volta no lugar, pronta para nos proteger de qualquer clima que os céus nos tragam.

E, enquanto cada um contribui à sua maneira, Bruno trabalha em sua visão.

— O que é? — pergunto, debruçando-me sobre o ombro dele. Está quase no fim; só faltam alguns pedaços.

— Paciência, Mirabel — resmunga ele, que ainda é meio sensível às vezes.

Dou um abraço em seu pescoço. Bruno sacode os ombros para me afastar, mas está sorrindo. Não consegue evitar. Está muito feliz de voltar a fazer parte da família.

— Não seja tão mal-humorado, *tío*! — digo, enquanto ele encaixa o último caco.

É isto. O pedaço final. Não sei se precisamos ver o futuro, se Bruno precisa nos contar sua visão. Afinal, já vemos o que está bem à nossa frente: a família Madrigal trabalhando unida e deixando que cada um seja quem realmente é. Fecho meus olhos.

— Abra os olhos — diz Bruno. — Fale para nós o que você vê.

É a visão de Bruno. A mesma de antes. Sua visão se realizou: a casa está consertada e, na frente dela, na frente da Casita antes rachada e quebrada, estou eu. A visão de Bruno não era eu *quebrando* a Casa, era eu a *consertando*!

Sinto uma presença ao meu lado. Abuela.

— Mirabel, para você. — Abuela puxa algo do bolso. Coloca um objeto duro e redondo em minhas mãos.

Abaixo os olhos. É uma maçaneta. Só uma maçaneta simples, redonda e brilhante. Fico confusa até olhar para a casa. Com muito trabalho duro, conseguimos completar a reforma – digo, reconstruir a Casita. Tudo está no lugar... só está faltando a maçaneta da porta de entrada.

A família se reúne, as pessoas da cidade logo atrás. Caminho na direção da casa, segurando forte a maçaneta. Eu a estendo e vejo um rosto refletido na superfície brilhante. Eu. Sou eu. Posso não ter poderes chiques que nem minhas irmãs, mas ainda sou eu. Estou aqui.

— Estou aqui — digo. — *Estoy aquí*. — Digo para a casa, para minha família, para o mundo. — Estou aqui.

E coloco a maçaneta no lugar.

Cambaleio para trás enquanto a porta faz um som de ventania. O chão sob meus pés parece vacilar. A casa treme. Vai ruir? Eu fiz de novo! Estraguei tudo! Mas, em vez de ruir, a casa parece respirar fundo, as paredes se expandindo. A vela Madrigal retoma sua forma e acende. E, de repente, somos cercados por uma explosão de borboletas, que é mais luminosa e maior do que os fogos de artifício usados na cerimônia do dom de Antonio. As folhas nas árvores se transformam em borboletas; as nuvens no céu tomam forma desses belos e mágicos insetos. As asas azuis das borboletas reluzem, deixando ondas douradas atrás de si. Elas circundam a casa, indo para o alto e descendo de volta. Um arco-íris se forma acima da cabeça de Pepa. Luisa ri e levanta nossos pais no ar. Isabela gira e buganvílias se entrelaçam até a torre de Bruno – junto com alguns cactos espinhosos. E eu estou no meio de tudo isso. As borboletas seguem voando e deslizando pelos ares. A mágica rodopia com elas, abraçando a família, os habitantes da cidade, todo o Encanto.

Minha Casa sorri para mim e me puxa para um abraço. Dou risada.

— Olá, Casita.

Epílogo

ERA UMA VEZ uma família. Tias e tios, mães e pais, primos e primas, irmãos e irmãs… e uma avó. Cada membro da família era importante e especial. Cada um com seu tipo de magia. Às vezes, era difícil de notá-la. E algumas eram bem diferentes umas das outras. Mas a magia sempre esteve lá, presente em cada um.

A família vivia em uma casa mágica e maravilhosa em um lindo encanto. Dentro da casa, havia um quarto para cada pessoa, um quarto tão extraordinário e único quanto ela própria. Meu primo Antonio tinha um quarto de selva onde dormia com todos os animais. Minha irmã Isabela tinha um quarto de jardim com flores – e alguns cactos. O quarto de minha outra irmã, Luisa, era ideal para alguém forte por fora e uma manteiga por dentro. Abuela também tinha um quarto que homenageava seu Pedro.

Quando as pessoas conhecem nossa família e veem nossa Casita, querem saber de onde vem a magia. Sempre digo que vem do mesmo lugar que a delas. Pode ser difícil de notá-la. Podem parecer diferentes umas das outras. Mas a magia sempre está presente em cada um.

— Posso tirar a venda? — pergunto.

— Ainda não! — diz Bruno enquanto me ajuda a subir as escadas até a sacada.

A magia pode estar na pessoa em que menos se espera.

Sei, sem precisar olhar, que estamos passando pelas portas de todos os quartos. A magia deles voltou, mas as portas estão um pouco diferentes do que eram. A de Bruno já não está coberta de teias de aranha; a de Luisa não reflete só a força dela, mas ela inteira. A de Isabela é mais do que só flores lindas; ela é bem mais do que isso. Arrasto os pés pelo carpete.

Sei que estamos quase na minha porta. Onde costumava ser o quarto das crianças.

— Pronto, pode olhar! — ouço Antonio gritar. Ele está pulando de animação.

Meus olhos levam um momento para se ajustar. Às vezes, você só precisa abrir os olhos. Limpo os óculos na blusa apenas para ter certeza de que estou vendo bem.

A porta, que era tão simples e comum, está magnífica. As flores de Isabela contornam o batente. Luisa adicionou cores claras e fortes.

Os animais de Antonio estão representados nela também. Há um arco-íris que só pode ter vindo de Pepa. Vejo também um pequeno teatro, perfeito para ratos atores... graças ao meu *tío* Bruno.

Abro a nova porta, e meu quarto é mais lindo e fantástico do que eu jamais podia ter imaginado. Ninguém jamais diria que era um quarto de criança comum. Uma videira cresce acima da cama como um dossel. Uma capivara se enrola em meu travesseiro como um bicho de pelúcia. Há uma estante pesada lotada de livros. Uma xícara de chocolate quente e um prato de *arepas* fumegam na mesa. Cada membro da minha família adicionou algo ao meu quarto.

— Eu amei! — grito. Limpo umas lágrimas atrevidas. — Pessoal, não acredito que vocês fizeram isto. E para mim. — Abro bem os braços. — Hora do abraço!

— *Vengan* — chama Abuela. — Venham. — Mas, em vez de abraçar cada pessoa que entra em meu quarto novo, ela anuncia: — É hora de uma foto de família.

Todos se apertam – Pepa e Felix, Papá e Mamá, Bruno e seus ratos, Antonio e seus animais ao lado de Camilo e Dolores, minhas irmãs e Abuela. Ficamos bem pertinho e fazemos caretas, sorrindo e dando risada. Juntos, gritamos:

— *¡La familia Madrigal!*

Embora o flash me cegue por um momento, sei que estou cercada por pessoas que eu amo e que me amam do jeitinho que eu sou.

Fim

Editora Planeta Brasil | 20 ANOS

Acreditamos nos livros

Este livro foi composto em Weiss Std e impresso pela Geográfica para a Editora Planeta do Brasil em fevereiro de 2023.